DEVIENS LE HÉROS

MISSION FORTNITE

Ce livre n'est pas un produit Fortnite officiel,
ni un produit réalisé en collaboration avec Epic Games.

24-32, rue des Amandiers, 75020 Paris – France

Correction : Maxime Gillio, Catherine Rigal
Mise en pages intérieure : Fanny Bouchet

Loi n° 49-956 du 16 juillet 1949 sur les publications destinées à la jeunesse,
modifiée par la loi n° 2011-525 du 17 mai 2011.
Dépôt légal : mai 2021. Imprimé en Serbie.
Produit conçu et fabriqué sous système de management
de la qualité certifié AFAQ ISO 9001.

FSC
www.fsc.org
MIXTE
Papier issu de
sources responsables
FSC® C117682

DEVIENS LE HÉROS

MISSION FORTNITE

Écrit par Vincent Raffaitin
Illustré par Duncan Renard

AUZOU

BIENVENUE !

Tu t'apprêtes à entrer dans une histoire pas comme les autres... Dans ce livre, tu as le choix : c'est toi qui décides de la suite de l'aventure. Pour cela, rien de plus simple !

Commence par l'introduction ci-après, puis à la fin, choisis le chemin qui te plaît.

Deux voies s'offrent à toi : la voie A (pages bleues du livre) et la voie B (pages jaunes).

Si tu perds, tu peux toujours revenir en arrière et vivre d'autres histoires.

Deviens le héros de tes aventures !

À TOI DE JOUER !

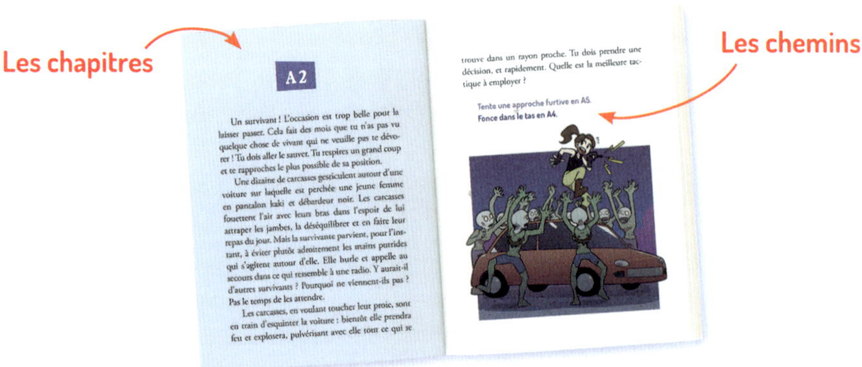

1

Cela fait des années que les scientifiques de tous les pays alertent les dirigeants et la population de la mauvaise santé de la planète. Surexploitation des terres, industrialisation massive, déforestation, réchauffement climatique, épidémies mondiales...

La fin du monde était annoncée... Elle est arrivée !

Pour les dinosaures ce fut une météorite, pour nous une impitoyable tempête qui s'abattit sur la planète. Lors du cataclysme, 98 % de la population mondiale disparut de la surface du globe, laissant place à une tempête violacée, source de tous les maux : hordes de carcasses, monstres assoiffés de sang et destruction.

Heureusement – *ou pas !* –, tu fais partie des rares survivants.

De nombreuses villes ont été rayées de la carte et l'humanité vit son dernier souffle. Après une longue errance forcée et solitaire à travers des terres hostiles et désertiques, tu arrives enfin dans un paysage plus verdoyant. Tu décides d'emprunter, à pied, une ancienne route. De cette façon, tu croiseras certainement une trace de civilisation. Après quelques jours, tu distingues au loin ce qui semble être une ville. Hourra ! Enfin sauvé ? En t'approchant, tu découvres un vieux panneau métallique rouillé et taché de sang séché affichant fièrement : « Fontainebois, à 300 m. Bienvenue ».

Découvrir les restes de cette ville te ramène à la réalité telle qu'elle est. Tu prends conscience que tu n'as plus grand-chose à quoi te raccrocher. Ces moments qui te définissent en tant qu'être humain, les fêtes, les anniversaires, les obsèques, tout cela n'existe plus. Tu te sens perdu, déconnecté. Tu es obligé de survivre, et survivre veut dire vivre une nouvelle vie, être un nouveau soi, même si tu as du mal à l'admettre.

Après ce moment de nostalgie à penser à l'ancien monde, tu te ressaisis. Tu es bien trop à découvert en restant ici : même s'il fait encore jour, des carcasses peuvent débarquer d'un instant à l'autre, il faut bouger !

Pour avoir un meilleur point de vue et un aperçu de ce à quoi tu peux t'attendre en entrant dans

Fontainebois, tu gravis une colline. Tu pourrais élaborer une construction en bois en guise de poste d'observation… mais les ressources sont rares, et c'est loin d'être discret.

Une fois en haut, tu as une magnifique vue sur la tempête, cette forme d'énergie causant de si forts dommages. Elle a presque entièrement englouti la ville. Presque ! Il reste un espoir : tu peux encore survivre, tu le sens au fond de toi. Même si cela suppose d'affronter des carcasses, rien n'est impossible. Si en plus tu pouvais sauver la ville entière, quelle satisfaction ça serait, et quelle fierté !

Soudain, la vieille radio accrochée à ta ceinture s'affole. BIP BIP BIP, tu reçois un message de détresse inaudible. D'où provient-il ? L'indicateur affiche ouest/nord-ouest. Hum… À l'aide de tes jumelles, tu étudies les environs. L'alerte viendrait-elle de l'imposante structure au loin ?

Tu déploies ton parapente, il te faut prendre une décision. Dans quelle direction vas-tu sauter ?

Si tu veux te diriger vers la ville, va en A1.

Si tu veux suivre le signal de détresse, va en B1.

A1

La ville ! C'est le meilleur endroit pour trouver des ressources, de la nourriture – même périmée – et de quoi bâtir un abri. Harnaché à ton parapente, et après quelques rapides vérifications de rigueur, tu t'élances dans le vide.

Tu décides d'atterrir à quelques dizaines de mètres des portes de la ville – sait-on jamais, il vaut mieux être prudent. À terre, tu resserres les bretelles de ton sac à dos, recharges ton fusil à pompe avec les maigres munitions qu'il te reste et te mets en route. Tu avances prudemment, veillant à ne pas faire de bruit pour éviter de réveiller une horde de carcasses qui traînerait aux abords. Plus tu te rapproches, plus tu découvres l'horreur que les habitants ont dû vivre lors du passage de « la tempête ». La ville est complètement saccagée. Les premières maisons que tu vois sont à moitié éventrées.

Un plan de la ville est affiché sur un abribus,

mais il est si peu lisible que tu peines à te repérer. Tu es tellement concentré à déchiffrer le plan que tu ne t'aperçois pas de la menace qui se rapproche de toi. C'est un reflet dans la vitre qui t'alerte. Tu fais volte-face et découvres une carcasse qui te fonce dessus, bras tendus et gueule ouverte. Tu réagis en un clin d'œil et tires. La créature s'étale au sol, inanimée. Il faut que tu bouges. Tu remontes la rue en longeant les clôtures, tout en faisant le moins de bruit possible. Tu dois trouver un abri sûr pour passer la nuit. Soudain, des bruits de pas résonnent derrière toi. Tu t'arrêtes et te mets à couvert dans une benne à ordures grande ouverte. Des carcasses passent à toute allure, sans te remarquer. S'ensuivent rapidement des détonations de pistolet. Un survivant ? Tu sors de ta cachette qui empeste et pistes le son, étonnamment si rassurant par ces temps troublés, des coups de feu. Mais les tirs s'arrêtent. À la place, tu entends un clic-clic reconnaissable. Le chargeur du survivant est vide ! Alors te parvient un appel au secours…

Si tu veux porter secours au survivant, va en A2.
Si tu veux continuer ta route en solo, va en A3.

A2

Un survivant ! L'occasion est trop belle pour la laisser passer. Cela fait des mois que tu n'as pas vu quelque chose de vivant qui ne veuille pas te dévorer ! Tu dois aller le sauver. Tu respires un grand coup et te rapproches le plus possible de sa position.

Une dizaine de carcasses gesticulent autour d'une voiture sur laquelle est perchée une jeune femme en pantalon kaki et débardeur noir. Les carcasses fouettent l'air avec leurs bras dans l'espoir de lui attraper les jambes, la déséquilibrer et en faire leur repas du jour. Mais la survivante parvient, pour l'instant, à éviter plutôt adroitement les mains putrides qui s'agitent autour d'elle. Elle hurle et appelle au secours dans ce qui ressemble à une radio. Y aurait-il d'autres survivants ? Pourquoi ne viennent-ils pas ? Pas le temps de les attendre.

Les carcasses, en voulant toucher leur proie, sont en train d'esquinter la voiture : bientôt elle prendra feu et explosera, pulvérisant avec elle tout ce qui se trouve dans un rayon proche. Tu dois prendre une décision, et rapidement. Quelle est la meilleure tactique à employer ?

Tente une approche furtive en A5.
Fonce dans le tas en A4.

A 3

Tu t'es débrouillé tout seul jusqu'à maintenant, pourquoi faudrait-il que les choses changent ? De toute façon, il est certainement déjà trop tard, quand tu arriveras au niveau du survivant, il y a de grandes chances qu'il se soit fait dévorer. Tu n'as rien à y gagner, hormis te retrouver face à une horde de carcasses. Ton objectif est clair, sauver la ville et tous ses habitants ; mais tu ne peux pas faire du cas par cas, il faut réfléchir de façon globale.

Tu t'éloignes de la zone en faisant bien attention de ne pas attirer l'attention sur toi. À peine as-tu quitté la rue qu'une détonation puissante se fait entendre. À la couleur de la fumée, un peu noircie, et à l'odeur, tu devines qu'une voiture vient d'exploser. Le survivant devait sûrement se cacher à l'intérieur d'un véhicule. Au moins, le sujet est clos, et tu ne peux plus revenir en arrière.

La ville est vraiment dans un piteux état, quelques bâtiments sont en ruine et la végétation regagne du terrain, perçant le goudron des routes. C'est peut-être le seul côté positif de toute cette catastrophe : la nature reprend vie, se réapproprie petit à petit sa planète – les carcasses n'étant pas vraiment herbivores, elle a tout le loisir de s'étendre là où bon lui semble.

Ta priorité numéro un est de trouver un abri pour dormir, car même si les températures sont un peu basses la nuit, il n'y a pas que ça qui peut te refroidir : il y a aussi les carcasses !

Après un tour d'horizon des habitations du quartier, deux lieux t'intéressent.

Une nuit dans une maison tout à fait classique ? Va en A6.

Une nuit dans la station-service ? Va en A7.

A 4

Inutile d'attendre le moment fatidique, autant foncer tout de suite sur les carcasses ! Tu cours tête baissée. Les monstres aux yeux brillants se tournent vers toi. À bonne distance, tu tires sur les créatures. Ton fusil à pompe, bien que très commun, fait de conséquents dégâts. Surtout qu'avec l'expérience, tu vises la tête, pour faire un maximum de dommages. Cela dit, tu ne tires pas trop vers le haut pour éviter que l'une de tes balles n'atterrisse dans le corps de la survivante. Ça serait dommage de blesser, ou de tuer, celle que tu es venu sauver !

Tes munitions sont vite épuisées. Tu ranges ton arme et sors ta pioche pour achever les deux carcasses restantes. Tu te tournes ensuite vers la survivante, toujours perchée sur le toit de la voiture. Elle ramasse quelques affaires et se rapproche de toi.

— Merci ! J'étais plutôt en mauvaise posture. Encore quelques minutes et la voiture prenait feu !

— Mais de rien… réponds-tu, un peu déstabilisé d'enfin parler à un autre être humain.

— Moi, c'est Jess !

Tu lui serres la main. Sacrée poigne ! En plus d'être jolie, elle semble carrément badass !

— Tu as l'air d'être quelqu'un qui ne panique pas à la première carcasse qu'il rencontre et tu as la gâchette facile, reconnaît-elle. Ça te dirait de nous rejoindre ? On n'est jamais de trop pour combattre ces monstruosités !

— Vous rejoindre ? Tu n'es donc pas toute seule ?

— Heureusement que non ! s'exclame-t-elle d'un ton jovial. Avant, j'étais soldat, alors même si je peux me débrouiller un temps seule, survivre en solitaire dans ce monde de fous, c'est du suicide. On s'est réfugiés dans un bâtiment à une centaine de mètres d'ici, on saura te trouver une petite place, t'en fais pas.

Si tu veux suivre Jess, va en A8.

Si tu veux évaluer la situation à Fontainebois avant de la rejoindre, va en A9.

A 5

Tu ne veux pas te faire repérer avant d'être sûr de pouvoir passer à l'attaque. Tu n'as rien pour te protéger ou construire une quelconque défense et, pour le moment, la meilleure option est de contourner le pâté de maisons afin de prendre les carcasses à revers. Tu t'engages dans l'allée qui borde les habitations. Pour mettre toutes les chances de ton côté et augmenter ta furtivité, tu t'accroupis, ce qui a comme effet d'atténuer le bruit de tes pas, même si tu te déplaces moins vite ainsi.

Tu arrives à peine à la moitié de ta route quand tu entends les cris de la survivante redoubler de puissance. Tu accélères le mouvement, mais le chemin est beaucoup plus long que tu ne le pensais. Si tu coupais à travers un bâtiment, en détruisant quelques murs, tu te ferais repérer à coup sûr, et ce n'est pas ton objectif. Tu n'as pas d'autre choix que de continuer sur ta lancée et de croiser les doigts pour arriver à temps.

Tu passes le coin du dernier immeuble et tu as de nouveau la voiture en vue. Si tu te rapproches doucement, les créatures ne te verront pas et tu pourras les attaquer par surprise.

Mais soudainement, la voiture se met à fumer… Oh, non ! il est trop tard ! BOUM !

L'explosion projette les carcasses au sol et désintègre la jolie survivante dans un nuage de feu.

Sidéré, tu hurles de toutes tes forces.

— Noooon !

Tu es sous le choc, comme pétrifié, et ton cri attire les créatures... mais tu ne remarques même pas les carcasses réchappées de l'explosion qui se sont détournées des restes fumants du véhicule pour venir se délecter de ta chair.

Dans tes yeux se reflètent les flammes qui dansent, là où quelques secondes auparavant se tenait la seule survivante que tu aies eu la chance de voir en… quelques mois.

PERDU

Les carcasses continueront à dominer le monde... le ventre plein !

A 6

Cette petite maison bourgeoise te paraît tout à fait correcte pour passer la nuit. Quelques barricades à rajouter pour consolider la structure en cas d'attaque, et tout devrait bien se passer. Pour récolter un peu de ressources, tu casses plusieurs meubles et murs à l'intérieur : bois, métal et pierre, tout est bon pour construire des palissades !

La nuit commence à tomber. Tu pourrais faire un feu, mais tu risquerais d'ameuter les carcasses avec la fumée.

Les heures passent…

Tu savais déjà que les carcasses ont tendance à être plus actives la nuit que le jour, mais là, c'est un vrai défilé dans les rues ! À croire qu'elles le font exprès.

Le bruit de leurs pas qui glissent sur le sol, leurs grognements et autres cris t'empêchent carrément de dormir. Certaines de ces horribles créatures vont même pousser le vice jusqu'à escalader la maison ! Tu restes vigilant, très silencieux, mais surtout les yeux grands ouverts pour ne pas finir dévoré pendant ton sommeil.

Le soleil pointe le bout de son nez à l'horizon, enfin ! Tu vas pouvoir quitter cet endroit ! La bonne nouvelle, c'est que tu es toujours vivant. Épuisé certes, mais vivant.

Sors de la maison et continue ta découverte de la ville en A10.

Sors de la maison et va explorer la station-service vue la veille en A34.

A 7

Tu te diriges vers la station-service à l'angle de la rue. Tu sais d'avance que le confort ne sera pas forcément au rendez-vous, mais tu espères dénicher tout un tas de choses, et que l'odeur de l'essence couvrira la tienne au nez des carcasses !

Tu passes la porte et découvres une carcasse. D'instinct, tu sors ta pioche et la lui enfonces dans la tête. Problème résolu ! Hormis ce petit désagrément, tu es ravi d'avoir choisi cet endroit : il y a tout un tas de babioles qui traînent au sol. En plus d'une caisse de munitions, tu trouves une boîte à outils, dans laquelle tu récupères des **écrous et boulons** et un **bidule rotatif** !

La nuit commence à tomber. Tu penses à faire un feu, mais tu te ravises. D'une part, la fumée serait susceptible d'attirer les carcasses et, d'autre part, tu pourrais faire exploser tout le bâtiment !

Les heures passent.

Tu savais déjà que les carcasses ont tendance à être plus actives la nuit que le jour, mais là, c'est un vrai défilé dans les rues ! Le bruit de leurs pas qui glissent sur le sol, leurs grognements et autres cris t'empêchent carrément de dormir. Soudain, un son des plus étranges s'ajoute à ce vacarme : celui d'abeilles. Discrètement, tu passes la tête par l'une des ouvertures de la station. Ce que tu découvres te surprend au plus haut point : une carcasse à la tête englobée dans un essaim d'abeilles.

Si tu veux te cacher, va en A11.
Si tu veux éliminer la carcasse en tirant dessus, va en A12.

A 8

Ton objectif est de sauver la ville. Rejoindre un groupe de survivants colle parfaitement à ton plan ! Tu suis Jess et vous vous mettez en route, direction le campement ! Pendant le trajet, tu déniches derrière un buisson une boîte de munitions encore verrouillée. À l'intérieur, de quoi recharger entièrement ton fusil à pompe. Quelques minutes plus tard, Jess te désigne un bâtiment entouré d'un parking et surmonté d'un cheeseburger géant à la langue pendante.

— Vous vous êtes réfugiés dans… un Durr Burger ?

— Il n'y a pas de meilleur endroit ! Tu verras, le cuistot est incroyable. Il a même réussi à créer des burgers à base de chair de carcasse, un délice.

Tu t'arrêtes net en faisant une moue de dégoût. Jess éclate de rire avant de pousser la porte du restaurant.

— Bonjour tout le monde, je vous présente notre nouvelle recrue. J'étais en mauvaise posture tout à l'heure, et il m'a tirée d'affaire.

Un homme assez fort et barbu s'approche de toi, tout sourire.

— Eh bien, je te remercie, jeune homme, d'avoir sauvé ma fille ! Je suis Kyle, c'est moi le responsable de ce petit groupe. Tu es ici chez toi !

Une trentaine de personnes, d'âges et de sexes différents, viennent te saluer, chacune leur tour. Autant de chaleur humaine te semble surréaliste mais, bon sang, que c'est agréable ! Avec Jess, vous échangez un sourire complice. Décidément, cette Jess a un petit quelque chose.

— Vous avez ramené du monde ! annonce Kyle en regardant par la fenêtre. Tous à vos postes !

En un clin d'œil, tout le monde s'active et sait parfaitement ce qu'il doit faire. Ce n'est sans doute pas la première fois qu'ils affrontent des carcasses. Hors de question de rester les bras ballants. Tu dégaines ton fusil à pompe et te mets en position au niveau de la porte avant. Bientôt les premiers coups de feu retentissent. Le combat est engagé, et vous n'êtes pas près d'en arriver à bout. La vague de carcasses semble infinie et encercle maintenant le bâtiment. Kyle s'occupe de construire quelques murs de défense en bois, qui ne tiennent pas longtemps face à l'assaut !

Les carcasses sont de plus en plus nombreuses devant toi. Tu as l'impression que chaque fois que tu en descends une, deux autres apparaissent… ce n'est vraiment pas le moment pour que l'adage « une de perdue, dix de retrouvées » se vérifie ! Tes munitions s'amenuisent, il va falloir changer de tactique.

Demande de l'aide en A18.
Prends des risques pour affronter les carcasses et impressionner Jess en A19.

A 9

— Merci de ta proposition, Jess, lui réponds-tu, mais j'ai besoin de découvrir la ville de mes propres yeux, de me faire une idée de la situation.

Elle hausse les épaules, puis sort un stylo de sa poche, te prend la main et griffonne un plan.

— Quand tu en auras marre d'être tout seul, n'hésite pas à passer nous voir ! dit-elle avant de repartir en direction de son refuge.

Tu la regardes s'éloigner en te demandant si tu ne fais pas une erreur. Mais après tout, tu sais au fond de toi que tu dois en apprendre davantage sur l'état de cette ville. Comme disait le général chinois Sun Tzu : « Connais ton ennemi et connais-toi toi-même. » Tu décides de remonter la rue principale, tout en restant le plus possible à couvert. Par chance, tu découvres une boîte de munitions abandonnée qui te permet de recharger ton arme.

Après quelques dizaines de minutes à errer à l'aveugle dans les rues de Fontainebois, tu comprends que la situation est catastrophique ! La tempête menace sans cesse, et les carcasses rôdent dans tous les coins. Pour se débarrasser de ce petit monde, il va falloir mettre le paquet !

Soudain, tu remarques, garé dans la cour d'une usine, un pick-up qui semble en état de marche. Tu t'approches et croises les doigts. La portière est ouverte, les clefs sont sur le contact et… mince, le réservoir est vide ! Tu descends, fais le tour du véhicule et découvres sur la banquette arrière un appareil électronique. Une sorte de détecteur ? Dans la benne du pick-up, un bidon d'essence rempli à ras bord. Quelle chance ! Si tout pouvait être aussi facile ! Tu fais le plein et remontes en voiture. Avec un véhicule, ça sera beaucoup plus simple de parcourir de grandes distances et d'entasser vivres et munitions !

Il est temps d'appuyer sur le champignon !
Fonce en A13.

A 10

Il te faut absolument un meilleur abri pour la nuit prochaine, tu ne vas pas pouvoir tenir longtemps comme ça. Après quelques minutes de marche, tu lèves la tête et souris. Tu es face à un immeuble et l'idée d'installer ton QG tout en haut de celui-ci te semble être la meilleure de ta vie – ou du moins de la journée. Là-haut, peu de chances de se faire embêter par le bruit des carcasses, ni d'en rencontrer par hasard !

Tu t'y imagines déjà, à scruter les environs et préparer une contre-attaque du tonnerre pour éradiquer ces carcasses de la surface du globe… Soyons fou !

Tu te rapproches de la porte d'entrée et observes l'intérieur. Quelques carcasses errantes, rien de bien méchant. Tu construis une barricade non loin, laisses une ouverture centrale pour avoir une ligne de visée dégagée, et tu tires sur la porte. Aussitôt, toutes les monstruosités se précipitent vers le bruit, il n'y a plus qu'à attendre. Pas bien longtemps. Les premières apparaissent face à toi, tu vises la tête et exécutes chacune des carcasses. En à peine quelques secondes, le hall de l'immeuble est vidé. Tu tends l'oreille pour t'assurer qu'aucune autre de ces choses ne soit encore « en vie » dans les parages, puis tu pénètres, armé de ta pioche, dans le bâtiment, accroupi, pour faire le moins de bruit possible. Le hall est effectivement bien vide.

Au fond, un ascenseur qui ne fonctionne plus depuis longtemps, et à sa gauche, l'escalier. Comment vas-tu monter en haut de l'immeuble ?

Si tu as des **écrous et boulons**, tu peux réparer l'ascenseur. Va en A16.

Si tu n'as pas d'écrous et boulons, ou si tu préfères les garder pour une utilisation ultérieure, va en A17.

A 11

Impossible de tirer sur la carcasse sans manquer de toucher l'une des pompes à essence et d'organiser le plus grand feu d'artifice local. D'autant plus que le bruit risque d'attirer d'autres carcasses ! Tu préfères te cacher, en croisant les doigts pour que la créature ne se rapproche pas trop de toi. Si les abeilles attaquent, tu n'es pas sûr de bien supporter les multiples piqûres, et ce n'est pas le moment de faire un œdème de Quincke.

Tu te glisses le long du mur et croises les doigts. Tu n'aimes pas l'inaction. Tu regardes de nouveau vers l'extérieur, juste au bon moment pour apercevoir la créature glisser sur une traînée d'essence répandue au sol. Elle chute violemment et se fracasse la tête contre le sol. Les abeilles s'envolent dans tous les sens, cherchant un nouvel hôte sur qui s'installer.

Sacré coup de chance ! Pas sûr que les prochaines rencontres se passent aussi bien. Tu guettes toute la nuit les allers-retours des carcasses, ce qui te fatigue beaucoup. Au petit matin, tu profites d'un moment de calme pour t'assoupir quelques dizaines de minutes.

Après cette micro pause, tu décides de quitter l'endroit. La bonne nouvelle, c'est que tu es toujours vivant. Épuisé certes, mais vivant.

Sors de la station-service en A10.

A 12

Mieux vaut ne pas prendre de risques et éliminer la menace avant de se faire déborder. Sans aucun doute, les abeilles attaquent selon la volonté de la carcasse, et ce n'est vraiment pas le moment de découvrir si tu es allergique aux piqûres d'insectes. Tu entrouvres la fenêtre, poses ton fusil à pompe sur le rebord et attends quelques instants que la créature se rapproche. Tu es focalisé sur sa « tête », estimant que c'est le seul moyen de l'anéantir. Même si cela va sans doute attirer d'autres carcasses vers toi, tant pis, tu ne vas pas reculer maintenant.

Tu tires. *Head shoot !* L'essaim éclate en mille morceaux et toutes les abeilles, en furie, s'envolent dans tous les sens. Tu t'accroupis pour te mettre à couvert et éviter de les attirer, ce serait dommage de se faire avoir après un tir pareil. Tu savoures l'efficacité de ta manœuvre quand tu remarques une lueur jaune-orangé provenant de l'extérieur. Tu te redresses et découvres avec horreur que ton tir n'a pas atteint que l'essaim, car en plus d'alerter toutes les carcasses des alentours qui convergent maintenant vers toi, tu as touché l'une des pompes à essence, qui a pris feu.

PERDU

Tu n'as pas le temps de réagir qu'une réaction en chaîne fait exploser toutes les pompes dans une gigantesque boule de feu, ainsi que la station-essence et tout ce qui se trouve à l'intérieur, dont toi !

A 13

Cela faisait un certain temps que tu n'avais pas ressenti ce plaisir de la conduite. Tu ne te prives pas pour réaliser quelques écarts au code de la route – de toute façon, tu n'as pas ton permis de conduire, alors… Quelques dérapages contrôlés plus tard, tu arrives face à l'un des bâtiments emblématiques du capitalisme responsable de la déchéance de l'humanité : un restaurant de fast-food, le Durrr Burger !

Peut-être trouveras-tu des vivres à l'intérieur ! Ça vaut le coup de jeter un œil.

Tu remarques que le bâtiment est barricadé. Quelqu'un en aurait-il fait son avant-poste ? Cette découverte fait naître en toi un sentiment de méfiance. Tu préfères te garer à bonne distance dudit restaurant : sait-on jamais, s'il y a des occupants, ce ne sont peut-être pas d'honnêtes gens. Tu prends tes affaires et te diriges vers le fast-food. À peine as-tu posé le pied sur le parking que Jess ouvre la porte.

— Je te manquais ? dit-elle en rigolant.

— Jess ?! réponds-tu, ravi de la retrouver. Je pensais que…

Tu n'as pas le temps de finir ta phrase qu'un bruit attire ton attention derrière toi.

Entre dans le restaurant en A14.
Remonte dans ta voiture en A15.

A 14

Au loin, une horde de carcasses se dirige droit vers toi. Mince, faire mumuse avec la voiture a dû attirer un bon paquet de ces monstres. C'est malin !

Jess te fait rentrer et demande l'attention des résidents.

— Je vous présente notre nouvelle recrue. J'étais en mauvaise posture tout à l'heure et il m'a tirée d'affaire avec brio.

Un homme assez fort et barbu s'approche de toi, tout sourire.

— Eh bien, je te remercie, jeune homme, d'avoir sauvé ma fille ! Je suis Kyle, c'est moi le responsable de ce petit groupe. Tu es ici chez toi. Bienvenue !

— On fera les présentations plus tard, le coupe Jess. Une horde pointe le bout de son nez.

Ce n'est sans doute pas la première fois qu'ils affrontent des carcasses, car chacun prend place pour combattre la horde de monstres. Hors de question de rester les bras ballants. Tu dégaines ton fusil à pompe et te mets en position au niveau de la porte avant. La horde semble énorme.

— Ne gâchez pas vos munitions, hurle Kyle à ses troupes, attendez qu'ils soient à portée !

Le combat est engagé et vous n'êtes pas près d'en arriver à bout. La vague de carcasses semble infinie et encercle maintenant le bâtiment. Kyle s'occupe de construire quelques murs de défense en bois, qui ne tiennent pas longtemps face à l'assaut conséquent !

Les carcasses sont de plus en plus nombreuses. Depuis ta position, tu as l'impression que chaque fois que tu en descends une, deux autres apparaissent. Tes munitions s'amenuisent, il va falloir changer de tactique.

Demande de l'aide en A18.
Prends des risques pour affronter les carcasses et impressionner Jess en A19.

A 15

Au loin, une horde de carcasses se dirige droit vers toi et le restaurant. Mince, faire mumuse avec la voiture a dû attirer un bon paquet de ces monstres. C'est malin ! Tu retournes en courant te mettre à son volant et tu la places au milieu de la route, dos au restaurant. Tu klaxonnes à plusieurs reprises. Comme prévu, les carcasses se focalisent sur ton véhicule et s'alignent sur la route. Tu démarres, bloques rapidement la pédale de l'accélérateur avec un morceau de bois et sautes de la voiture en marche. Elle fonce droit sur les carcasses qui ne dévient pas de leur trajectoire. SPLAF ! La grande majorité se fait déchiqueter par ton véhicule qui s'écrase ensuite contre un mur, finissant le boulot en les emportant avec lui, dans une boule de feu.

Les survivants, réfugiés dans le restaurant, sortent, armes au poing, pour comprendre la source de tout ce bruit. Tu te diriges vers eux. Tu ne t'attendais pas à ces applaudissements chaleureux.

Un homme assez fort et barbu s'approche de toi, tout sourire.

— Eh bien, en plus d'avoir sauvé ma fille, tu as réussi à nous débarrasser d'une horde en un rien de temps, je suis impressionné ! Je suis Kyle, c'est moi le responsable de ce petit groupe. Tu es ici chez toi. Bienvenue !

— Je vous remercie, monsieur, réponds-tu en lançant un petit regard amusé à Jess.

— Cela me fait prendre conscience que notre refuge aurait besoin d'un système de défense un peu plus efficace, reprend Kyle. Si une horde venait attaquer ce repaire, nous serions vite débordés ! Il nous manque une quantité impressionnante de ressources en tout genre pour construire les défenses, améliorer nos armes ou établir un périmètre de pièges.

— Vous avez besoin de quoi ? demandes-tu.

— Ficelle, ruban adhésif, pièces mécaniques.

— Bien. Préparons une expédition pour rassembler tout cela. Jess, tu veux bien m'accompagner ?

— Avec plaisir, répond la jeune femme, tout sourire.

— Je viens avec vous, dit un autre survivant.

— Moi aussi, ajoute un deuxième.

Bientôt, une équipe de huit personnes est constituée, et vous vous enfoncez en ville pour explorer quelques maisons, à la recherche d'ingrédients de fabrication et de ressources. Tu fouilles une ancienne demeure. À l'intérieur, tu es surpris de découvrir que tout est resté comme « avant », avec de la poussière et du sang en plus. Tu as beau regarder dans tous les tiroirs, tu ne trouves rien de très excitant : un bout de fil entortillé, une pièce mécanique rouillée et quelques pétales de fleur un peu flétris. Tu mets le pied sur la première marche de l'escalier qui mène à l'étage quand un bruit résonne sur le palier. Tu te figes.

Si tu veux monter à l'étage, va en A20.
Si tu préfères concentrer ton exploration sur le rez-de-chaussée, va en A26.

A 16

Pourquoi se fatiguer à emprunter les escaliers, sachant que tu vas sûrement devoir le faire plusieurs fois par jour ? Tu sors de ton sac les écrous et boulons et entames la réparation de l'ascenseur. En quelques minutes, le tour est joué ! Nerveusement, tu appuies sur le bouton. Ouf, le courant passe bien et l'ascenseur s'élève, en couinant dans tous les sens, jusqu'au dernier étage : le toit-terrasse.

L'endroit est parfait. Comme tu t'y attendais, il offre une vue assez dégagée sur les environs proches, un aspect très important pour étudier les mouvements des carcasses et prévoir les futures actions à mener pour les éradiquer. Tu es surpris de découvrir qu'il reste, sur cette terrasse, quelques tables basses disposées autour de transats. Tu en démontes certaines pour récupérer les ressources utiles à fabriquer ton futur « chez-toit » (quel humour !). Car oui, bien qu'isolé du sol, ton abri n'est pas protégé des éventuelles intempéries. Tu t'appliques alors à façonner des palissades en métal, bien solides. Tu veux y intégrer quelques ouvertures pour avoir toujours la possibilité de jeter un œil vers l'extérieur, ainsi qu'une porte. Mais il te manque un bon nombre de ressources métal pour finir le dernier mur et le toit. Qu'à cela ne tienne ! Tu trouveras sûrement tout ce qu'il te faut dans les étages inférieurs. Muni de ta pioche, le sourire aux lèvres d'avoir un QG si bien situé, tu te diriges vers l'ascenseur.

Appelle l'ascenseur en A22.

A 17

Même si l'idée d'utiliser l'ascenseur est tentante, il est hors de question de gâcher des ressources si précieuses pour ça. En plus, tu ne te vois pas installer ton quartier général en haut d'une tour que tu n'as pas visitée ! Tu prends une grande inspiration et entames ton ascension, avec une certaine appréhension.

Tu as très bien fait de prendre l'escalier ! Au premier étage errent de nombreuses carcasses, au second pareil, ainsi qu'au troisième, au quatrième… jusqu'au dernier étage, en fait !

Une fois que tu as éliminé les carcasses d'un étage, tu fouilles rapidement les habitations. Tu as pu récupérer quelques plans de pièges ainsi qu'une bombe dont l'inscription te laisse perplexe : « fort instantané ». Dans les toilettes d'un appartement, tu es surpris de découvrir... du bacon ?! Tu ne veux pas savoir comment il a pu atterrir dans cet endroit saugrenu. Une chose est sûre, par les temps qui courent, toute source de nourriture est bonne à prendre, qu'importe sa provenance ou son état.

Arrivé au dernier étage, ton sac devient lourd. Tu préfères te délester un peu avant d'entamer la fouille. Tu atteins le toit-terrasse, démontes les tables basses et les transats qui traînent là et lances la bombe « fort instantané » ! Une tour de trois palissades de haut, tout en métal, est instantanément construite. Sacrément efficace. Tu déposes à l'intérieur une bonne partie de tes ressources et retournes à ton exploration.

Étonnamment, il n'y a que très peu de carcasses au dernier étage, ce qui n'est pas pour te déplaire. Dans un appartement à l'intérieur un peu vieillot, tu découvres un coffre bleuté. C'est ton jour de chance ! Tu t'apprêtes à l'ouvrir quand un bruit t'interpelle : il doit y avoir une carcasse de l'autre côté de la cloison, car tu entends une sorte de grognement sourd. Mieux vaut faire attention.

Si tu choisis d'ouvrir le coffre, va en A23.

Si tu choisis de ne pas ouvrir le coffre, va en A24.

A 18

La situation va t'échapper et tu as besoin de renfort. Pas la peine de jouer les héros, surtout si c'est pour finir dévoré par les carcasses. Jess et deux autres survivants se précipitent à tes côtés, juste à temps, car la porte cède sous les coups répétés des créatures. Jess lance une grenade frag, qui inflige des dégâts de zone. Lors de l'explosion, pas moins de quinze créatures sont désintégrées !

Elle lance un cri de guerre qui redonne du courage à l'équipe et augmente tes dégâts et ta vitesse d'attaque. Après de longues minutes, les dernières carcasses s'écroulent au sol. Tu t'assois, épuisé mais ravi d'être toujours en un seul morceau. L'attaque n'aura fait que des dégâts matériels.

— Vous deux, lance Kyle, la prochaine fois, vous ferez un peu plus attention avant de rentrer ! Je n'ai pas envie de passer mon temps à réparer ce resto ! D'ailleurs, il va nous falloir des ressources pour reconstruire les défenses et améliorer nos armes :

ficelle, ruban adhésif, pièces mécaniques. J'aimerais également installer des pièges. Nous avons bien failli être débordés, les attaques sont de plus en plus puissantes.

Quelques minutes plus tard, un petit groupe composé de huit survivants, dont toi, s'enfonce en ville et explore quelques maisons à la recherche d'ingrédients de fabrication et de ressources. Tu fouilles une vieille maison. À l'intérieur, tu es surpris de découvrir que tout est resté comme « avant », avec de la poussière et du sang en plus. Tu as beau regarder dans tous les tiroirs, tu ne trouves rien de très excitant : un bout de fil entortillé, une pièce mécanique rouillée et quelques pétales de fleur un peu flétris. Tu mets le pied sur la première marche de l'escalier qui mène à l'étage quand un bruit résonne sur le palier. Tu te figes.

Si tu veux monter à l'étage, va en A25.
Si tu préfères concentrer ton exploration sur le rez-de-chaussée, va en A26.

A 19

Tu vois du coin de l'œil que Jess te regarde. Il n'en fallait pas plus pour te donner des ailes ! À l'aide de ta pioche, tu détruis une partie du plafond pour sauter à l'étage supérieur et surprendre les carcasses. Se positionner en hauteur est toujours une bonne stratégie. Tu vides la fin de ton chargeur sur les créatures avant de te propulser au milieu d'elles pour les attaquer au corps-à-corps, à coups de pioche. Tu veux en mettre plein la vue à la jolie brune à qui tu as sauvé la vie un peu plus tôt. Entre deux têtes de carcasses, tu aperçois Jess à la fenêtre. Ton plan pour l'impressionner fonctionne à merveille et tu redoubles d'entrain, prenant de plus en plus de risques ! Ce que tu n'as pas eu le temps de discerner, c'est qu'elle te regarde avec une mine déconfite et effrayée.

La pioche est plus lourde qu'elle n'y paraît et bientôt la fatigue se fait ressentir dans tes bras. Tu extermines les carcasses bien moins vite qu'elles n'arrivent sur toi. Tes points de vie fondent comme neige au soleil et, sans potion de soin, tu ne risques pas de tenir très longtemps !

Les coups que les carcasses t'infligent te font bientôt perdre l'usage de tes bras. Ta pioche **tombe** au sol, les carcasses te **tombent** dessus, tu **tombes** à ton tour… tu l'auras compris, pour toi c'est direction… la ***tombe*** !

PERDU

Adieu Jess, adieu l'espoir, adieu la vie !

A 20

Aucune raison d'avoir peur, n'est-ce pas ? Si, en fait il y en a des tas, mais tu ne peux pas quitter la maison les mains vides. Tu gravis les marches, attentif au moindre bruit. Si tu venais à croiser une carcasse, les choses seraient compliquées : l'endroit n'est pas large, pas moyen de construire une défense. Plus tu montes, plus le bruit s'intensifie. Sur le palier, deux commodes avec napperons et quelques vases. Au fond, une porte. Le bruit provient de cette direction. Tu poses la main sur la poignée et ouvres, prêt à bondir sur un monstre. Ce que tu découvres te laisse pantois !

Un coffre jaune scintillant. C'est lui qui émet ce bruit étrange. Jackpot ! À l'intérieur, tu récupères quelques écrous et boulons, de la ficelle solide et une arme légendaire au doux nom de « Spectre ».

Fusil d'assaut à tir rapide et à courte portée, il ne présente que peu de recul lors des tirs. C'est une arme rapide et très efficace ! Ta journée est décidément pleine de surprises !

Soudain, le détecteur que tu as trouvé dans la voiture se met à biper. Plus tu te rapproches du mur du fond, plus le bip s'intensifie. Tu sors ta pioche, enfonces la cloison et découvres dans cette pièce secrète un **module de survie** !

Tu descends les marches quatre à quatre et rejoins, tout sourire, Jess à l'extérieur, pour lui montrer tes découvertes. Elle semble plus que ravie et faussement jalouse de ne pas avoir trouvé elle-même l'arme légendaire. Est-ce pour cette raison qu'elle propose de t'accompagner pour fouiller la maison voisine ? Ou est-ce pour passer plus de temps avec toi ? Qu'importe, tu es ravi d'être en sa compagnie.

Alors que tu es concentré à fouiller le premier étage, un éclat lumineux attire ton attention. Tu regardes par la fenêtre et comprends qu'il provient du haut de la colline, à quelques centaines de mètres de ta position.

Observe attentivement l'éclat en A31.

A 21

Lars insère deux morceaux de bleuite dans le compartiment à l'avant du van et ce dernier commence son ascension, alors qu'une nouvelle fournée de carcasses vous assaille ! Vous tenez bon jusqu'à ce que le véhicule touche de nouveau terre. Vous prenez les relevés, mais sous les assauts répétés des monstres tu es obligé d'abandonner le van. Vous quittez les lieux et bientôt, une explosion retentit derrière vous.

Vous arrivez au restaurant, où le reste des survivants vous attend, toutes armes dehors.

— C'était quoi, cette explosion ? demande Kyle, inquiet.

— Mon van, ma guitare… ma vie ! sanglote Lars.

— J'ai loupé un épisode ? Qui êtes-vous ? répond le père de Jess.

— On fera les présentations plus tard, réponds-tu. Le plus important, c'est que nous avons pu effectuer des relevés des alentours. Occupez-vous d'installer ce module de survie sur le restaurant, dis-tu en tendant à Kyle une pile de documents. Nous, nous devons exterminer les carcasses qui nous ont suivis.

Ni une ni deux, une grande partie des survivants t'épaulent et font feu sur les créatures qui tombent comme des mouches.

Plus tard, Kyle expose son analyse des données ramenées du van. Il apparaît qu'un certain nombre de camps de carcasses sont établis dans les environs. Des équipes vont être constituées pour les éradiquer rapidement. Le module de survie installé permet à la base d'augmenter considérablement sa résistance, et Kyle te remercie : grâce à toi, les survivants qui demeurent ici sont plus en sécurité que jamais. Il t'estime beaucoup et te consulte dorénavant pour chaque décision, tu es devenu responsable de la survie de ce groupe ! Jess est super fière de toi et de tes décisions. Elle glisse sa main dans la tienne et dépose un baiser sur tes lèvres.

BRAVO !

Tu vas survivre, en bonne compagnie, et tu as toutes les chances de sauver Fontainebois.

A 22

Tu appuies sur le bouton de l'ascenseur. Rien ne se passe. Tu appuies une seconde fois. Les portes restent fermées. Mince ! Le courant nécessaire pour faire fonctionner l'ascenseur provenait sûrement d'un générateur, qui doit maintenant être à plat.

Au moment d'ouvrir la porte menant aux escaliers, tu découvres qu'un détail t'a échappé lors de l'utilisation de l'ascenseur. Les couinements qu'il a émis en montant ont attiré les carcasses du bâtiment, maintenant toutes amassées dans l'escalier. Tu refermes la porte et construis une palissade, en bois car tu n'as plus que cette ressource en réserve. Mais ces faibles défenses cèdent rapidement sous les coups répétés des créatures, qui affluent de manière continue. Tu tires quelques cartouches, tout en cherchant un moyen de te sortir de ce guêpier.

Soudain, une idée lumineuse te traverse l'esprit. Tu décides de construire des escaliers afin de rejoindre le toit de l'immeuble voisin. Tu mets immédiatement ton brillant plan à exécution. Tu fabriques les escaliers avec une dextérité remarquable, et bientôt tu te trouves à mi-chemin entre les deux immeubles. Ne pas regarder en bas ! Ce n'est pas le moment d'avoir le vertige !

Les carcasses te suivent… Tu alternes avec une certaine aisance entre la pioche et ton arme, pour éliminer les créatures et poursuivre tes constructions. Mais c'est le drame : en tirant sur une carcasse, tu détruis ton premier escalier. Les escaliers suivants, n'ayant plus rien sur quoi se reposer, se détruisent automatiquement, les uns après les autres ! Tu as beau en construire de nouveaux, il arrive un moment où tu épuises toutes tes ressources, tu ne peux plus avancer.

PERDU

Sous tes pieds, les planches de l'escalier se brisent en petits morceaux et tu entames une chute d'une trentaine de mètres. SPLAF, t'es mort !

A 23

Tu ne veux pas passer à côté de ce que peut renfermer ce coffre de niveau 3 ! En faisant attention à ne pas faire de bruit, pour ne pas alerter la carcasse que tu supposes être de l'autre côté de la cloison, tu poses la main sur le coffre, qui s'agite violemment et... se lève ?! Deux bras, deux jambes, oh, non ! C'est un Mimic ! Ces carcasses prennent l'apparence d'un coffre bleuté. Pourquoi n'y as-tu pas pensé plus tôt ? Le grognement, c'était lui !

Il se met à te frapper, ce qui te fait perdre un sacré paquet de points de vie ! Impossible pour toi de riposter, les Mimics ont beaucoup de vie, et ton équipement ne suffirait pas à l'abattre assez vite. Tu n'as d'autre solution que de fuir ! Tu fais demi-tour et dévales les escaliers pour le semer dehors. Tu as beau courir dans tous les sens, emprunter tout un tas de rues, il te suit toujours à la trace. Arrivé dans une ruelle, tu repères une benne à ordures et tu sautes dedans, quelques secondes à peine avant qu'il ne tourne le coin de la rue. Tu patientes quelques instants. Tout est calme, tu te penses sorti d'affaire et reprends ton souffle. Malheureusement, tu bouscules quelque chose dans la benne, qui vient cogner contre la paroi, ce qui fait revenir à grandes enjambées le Mimic vers toi. Il s'acharne maintenant sur la benne, jusqu'à ce qu'elle se brise, puis il te réduit en miettes en une fraction de seconde…

PERDU !

L'appât du gain est un vilain défaut !

A 24

Tu te souviens d'avoir entendu parler d'une carcasse qui se camoufle en coffre… serait-ce elle qui grogne ainsi ? Ils appellent ça un Mimic ! Une créature aux points de vie élevés qui fait beaucoup de dégâts quand elle attaque, et qu'il est surtout très difficile de semer !

Tu ne veux pas d'une chose pareille dans ta tour, alors tu abats un mur et construis quelques escaliers qui plongent dans le vide. Ensuite tu te positionnes de telle façon que le coffre soit entre toi et l'ouverture, et tu tires un coup de fusil à pompe. La créature sort de son camouflage presque instantanément. Tu tires un nouveau coup de fusil, ce qui propulse le Mimic quelques mètres en arrière, sur tes escaliers, que tu démontes aussitôt. La créature chute, sans aucun moyen de s'accrocher, sur trente mètres. Arrivée en bas, elle n'est plus qu'un tas de néant.

Tu t'apprêtes à reconstruire un mur en briques quand tu remarques qu'une faille vient de s'ouvrir, ce qui annonce une déferlante de carcasses en tout genre. Tu es ravi d'avoir pu construire ton quartier général à temps, mais il va falloir te débarrasser de tous ces monstres, d'une manière ou d'une autre. Ton regard vagabonde dans le vide avant de s'arrêter sur une structure métallique qui court au sol. Il y a des rails de chemin de fer au loin.

Si tu préfères te barricader, va en A27.
Si tu préfères passer à l'attaque, va en A28.

A 25

Aucune raison d'avoir peur, n'est-ce pas ? Si, en fait il y en a des tas, mais tu ne peux pas quitter la maison les mains vides. Tu gravis les marches une à une, lentement, très attentif au moindre bruit. Si tu venais à croiser une carcasse, les choses seraient compliquées : l'endroit n'est pas large, pas moyen de construire une défense. Plus tu montes, plus le bruit s'intensifie. Sur le palier, deux commodes avec napperons et quelques vases. Au fond, une porte. Le bruit provient de cette direction. Tu t'accroupis et avances doucement. Tu poses la main sur la poignée et ouvres, prêt à bondir sur un monstre. Ce que tu découvres te laisse pantois !

Un coffre jaune scintillant. C'est lui qui émet ce bruit étrange. À l'intérieur, tu récupères quelques écrous et boulons, de la ficelle solide et… une arme légendaire au doux nom de « Spectre ».

Fusil d'assaut à tir rapide et à courte portée, il ne présente que peu de recul lors des tirs. C'est une arme vive et très efficace pour éliminer les carcasses. Ta journée est décidément pleine de surprises !

Tu rejoins, tout sourire, Jess à l'extérieur et lui montres ta découverte. Elle semble plus que ravie et faussement jalouse de ne pas l'avoir trouvée elle-même. Est-ce pour cette raison qu'elle te propose de t'accompagner pour fouiller la maison voisine ? Ou est-ce pour passer plus de temps avec toi ? Qu'importe, tu es ravi d'être en sa compagnie.

Une fois la porte de l'habitation passée, un petit jeu de compétition s'installe entre vous. Alors que tu es concentré à fouiller le premier étage, un éclat lumineux attire ton attention. Tu regardes par la fenêtre et t'aperçois qu'il provient du haut de la colline, à quelques centaines de mètres de ta position.

Observe d'où provient cet éclat en A31.

A 26

Aucune raison de courir un risque inutile. Tu es tout seul dans cette maison ; si tu venais à croiser une carcasse, ça ne serait pas forcément à ton avantage. Le premier étage a l'air plutôt exigu, tu n'auras pas forcément le recul adéquat pour tirer ni assez de place pour construire une palissade qui te permettrait de te protéger, au moins un court instant.

Avant de quitter définitivement la maison, tu fais un dernier tour rapide pour être sûr de ne pas être passé à côté d'un objet de valeur. Qui sait ? Les propriétaires ont peut-être des cristaux de quartz cachés quelque part. Peu probable ! Mais quitter le lieu avec si peu de ressources en main ne t'enchante pas. Tu décides de ne pas lésiner sur tes recherches.

Tu sors ta pioche et commences à abattre les murs et l'ameublement. S'il y a une cache secrète, tu ne la manqueras pas ! Tu t'appliques à viser les points faibles de chaque chose que tu détruis, cela te permet d'aller plus vite que si tu tapais n'importe où !

Canapé, tables, buffet, armoire, tout y passe ! Plongé dans tes recherches, tu ne remarques pas le Bombeur qui accourt vers la maison, dans ta direction. Ce n'est qu'un peu tard, alors que tu t'apprêtais à démolir le frigo, que tu vois la monstrueuse créature, bonbonne de gaz sur l'épaule, à quelques mètres de toi. Dans un vain espoir, tu commences à courir dans la direction opposée. Le Bombeur, voyant que tu t'échappes, lance sa bonbonne. BOUM !

PERDU

Vaporisé, anéanti, atomisé. Poussière,
tu redeviens poussière !

A 27

Tu as une nette préférence pour la défense ! Sortir maintenant n'est pas forcément la meilleure idée, tu n'es pas totalement persuadé de pouvoir survivre. Il te semble beaucoup plus sensé de renforcer ta base, d'autant plus qu'avec les plans que tu as découverts, tu peux installer un bon nombre de pièges.

Tu récupères au plus vite assez de ressources pour construire un flash mural, qui étourdit les ennemis à proximité, des pieux de sol rétractables, qui transpercent tous ceux qui s'aventurent à marcher dessus, ainsi qu'un mur de fléchettes qui, comme son nom l'indique, envoie une volée de flèches à quiconque se trouve dans son champ d'action.

Pour augmenter son efficacité, tu construis un petit chemin aux parois métallisées qui mène devant le piège, incitant les créatures à s'engouffrer en plus grand nombre face au mur.

Une flèche, un mort… au moins !

Tu n'es pas mécontent de toi ; maintenant, il ne reste plus qu'à attendre les carcasses.

À moins que…

Si tu as des **écrous et boulons**, peaufine tes défenses en A29.

Si tu n'as pas d'écrous et boulons, affronte la horde en A30.

A 28

Pas question d'attendre que les carcasses viennent s'attaquer à ton quartier général, tu préfères prendre les devants ! D'autant que plus la faille reste ouverte, plus le nombre de carcasses qui apparaissent augmente. Tu fourres dans ton sac une quantité importante de munitions, tu en auras sans aucun doute grand besoin ! Tu quittes ton repaire et essaies d'être le plus furtif possible pour ne pas attirer tout de suite les créatures vers toi. Tu préfères avoir un bon point de vue pour les affronter et avoir eu le temps de construire une défense adéquate.

Après quelques minutes d'évolution périlleuse en territoire ennemi, tu arrives à la voie ferrée aperçue depuis l'immeuble. D'un côté, elle se dirige non loin de la faille. De l'autre, un bâtiment se profile au loin. Tu te faufiles pour en atteindre l'entrée. Ce n'est pas simple, des carcasses rôdent et errent sur la voie. Tu fais quelques détours, il ne sert à rien de foncer tête baissée sans réfléchir.

Tu parviens enfin à la porte, close. Prenant garde de ne pas être repéré, tu démontes une paroi et pénètres dans le bâtiment. Devant toi, une grosse, grosse structure métallique. En son centre, une énorme boule surmontée d'énormes pointes. Serait-ce une bombe ? Tu as entendu parler de ce genre de dispositif, installé dans quelques grandes villes ; apparemment, ils n'ont pas eu le temps de la mettre en route. La bombe est stockée dans un endroit comme celui-ci et doit être transportée, *via* les rails, jusqu'à un lanceur, permettant de l'envoyer dans la faille de son choix. Fort heureusement, toute la voie ferrée est déjà construite, c'est ça de moins à faire ! Si tu l'emmènes au lanceur, tu pourras fermer la faille. Sauf qu'il y a un hic... Une fois les bleuites requises installées, un message d'urgence apparaît sur l'écran de contrôle : *activation de l'engin impossible,* ***bidule rotatif, écrous et boulons*** *manquants.*

Si tu as un **bidule rotatif**, des **écrous et boulons**, va en A32.
Si tu n'as pas de **bidule rotatif** ni d'**écrous et boulons**, va en A33.

A 29

Mais bien sûr !

Grâce aux écrous et boulons, tu peux construire un piège supplémentaire. Drôle d'appellation pour cette construction : une dalle de soin. La quincaillerie récupérée dans la station-service te permet de la créer en version légendaire ! Cette dalle rend un sacré nombre de points de vie tant que tu restes dessus. Tu la places à un endroit stratégique, un peu en hauteur, sur une plateforme entourée de palissades renforcées où tu as laissé des ouvertures par lesquelles tu comptes tirer.

Voilà déjà les carcasses qui déboulent en trombe depuis la faille. Par chance, tu ne vois pas de Bombeur ou de Fracasseur, juste des carcasses classiques, quelques mini carcasses et… aïe, les Carapaceurs sont de sortie. Ces affreuses volent et se placent autour d'une carcasse, la protégeant, comme une sorte de bouclier volant. C'est carrément de la triche ! Aucun de tes pièges ne parvient à les éliminer. Plan B : tu sors le fusil à pompe, attendant qu'elles se rapprochent de toi, et tu vises la tête de ces monstruosités volantes. Impeccable, cela fonctionne, les carcasses qu'elles protégeaient sont maintenant sans défense, et donc plus faciles à tuer.

Le hic, c'est que le duo carcasse-Carapaceur est très en vogue ! Tu te retrouves bientôt au corps-à-corps avec les créatures. Tu te prends de nombreux coups mais, fort heureusement, la dalle de soin te redonne de la vie plus rapidement que tu n'en perds ! Après un combat intensif, durant lequel tu as cru y rester plus d'une fois, toutes les carcasses sont mortes, et ta défense a tenu bon, elles ne sont pas parvenues à monter dans ton quartier général. Tu es en vie !

BRAVO !

Tu as une base à l'épreuve des assauts, tu es opérationnel pour sauver la ville !

A 30

La horde ne va pas tarder à arriver. En attendant, tu réfléchis à ton expédition prochaine. Tu crois avoir aperçu depuis ton toit un vieux restaurant, le Durrr Burger. Peut-être y reste-t-il des provisions ? Il serait bon d'aller y faire un tour !

Les carcasses déboulent en trombe depuis la faille. Par chance, tu ne vois pas de Bombeur ou de Fracasseur, juste des carcasses classiques, quelques mini carcasses et… aïe, les Carapaceurs sont de sortie. Ces affreuses volent et se placent autour d'une carcasse, la protégeant, comme une sorte de bouclier volant. C'est carrément de la triche ! Aucun de tes pièges ne parvient à les éliminer. Plan B : tu sors le fusil à pompe, attendant qu'elles se rapprochent de toi, et tu vises la tête de ces monstruosités volantes. Impeccable, cela fonctionne, les carcasses qu'elles protégeaient sont maintenant sans défense, et donc plus faciles à tuer.

Le hic, c'est que tu te retrouves bientôt au corps-à-corps avec les créatures, et tu te prends de nombreux coups. Tu n'as d'autre choix que de battre en retraite. Tu remontes les escaliers à toute vitesse, mais une meute de carcasses est à tes trousses ! Tu te réfugies dans ton fort, qui finit par céder, et tu te fais dévorer par ces monstres affamés.

Tu viens de perdre la vie, la ville vient de perdre son dernier espoir de survie…

PERDU

Si près du but, et pourtant si loin !

A 31

Tu utilises la lunette de visée du fusil de sniper de Jess pour avoir une meilleure vue. Sur le flanc de colline : un van foncé bardé d'un énorme tag représentant un guitariste. En dessous, une inscription : « Paille de fer ». Le groupe de musique ? Sans aucun doute ! Le véhicule est affublé de tout un tas de gadgets imbriqués de façon sporadique, avec sur son toit une coque métallique qui englobe le reste du van. Non loin, un homme s'affaire, bricolant tout un tas d'instruments encore plus incongrus. C'est en utilisant ses outils que l'homme a provoqué l'éclat aperçu.

Tu détailles tout ce que tu vois à Jess, qui est étonnée de découvrir un autre survivant isolé. Elle réunit tout le groupe et expose la situation.

— L'homme a peut-être du matériel intéressant et semble être un mécano ou un scientifique, ce qui ne peut être qu'un bonus pour notre groupe.

— Peut-être, l'interrompt un des membres, mais on ne sait rien de lui. Qui nous dit qu'il ne va pas profiter de notre aide et de nos ressources avant de disparaître ?

D'autres survivants du groupe hochent la tête.

Tu n'écoutes pas la fin de la conversation et portes de nouveau ton attention sur le van et son propriétaire. En laissant ton regard glisser vers l'horizon, tu t'aperçois qu'un groupe de carcasses se dirige vers lui. Il est temps de prendre une décision. Tu dois faire pencher la balance d'un côté ou de l'autre.

Si tu veux aider le survivant, va en A36.

Si tu ne veux pas aider le survivant, va en A35.

A 32

Quelle bonne idée d'être allé dans cette station-service ! Tu sors de ton sac les écrous et boulons ainsi que le bidule rotatif, que tu fixes à la bombe. À peine les éléments installés, la bombe se met à vibrer, émet de la lumière bleue par ses pointes proéminentes, commence à léviter au-dessus des rails et avance. Le bruit qu'elle produit attire les carcasses des environs.

Tu prends un peu d'avance sur sa trajectoire et remarques que des mastocs, des carcasses plus grosses et plus fortes que les carcasses classiques – et plus moches – s'attaquent au lanceur. Tu les éradiques, non sans mal, avant de construire une structure défensive autour du lanceur pour le protéger, car tu ne peux pas défendre la bombe et le lanceur en même temps. Mince, impossible de mettre une structure pyramidale pour protéger le sommet, le lanceur est trop grand. Tu réfléchis quelques instants et un éclair de génie te traverse l'esprit : tu construis des escaliers inversés, ce qui aura pour effet de bloquer les ennemis ! Ils auront du mal à atteindre le mur pour le frapper.

Tu retournes en courant vers la bombe, qui n'affiche plus beaucoup de points de vie. Tu grimpes dessus, espérant ne pas déclencher le mécanisme de mise à feu… Tu as maintenant une position surélevée, qui te permet de viser plus aisément la tête des carcasses, et ce sans bouger ! La faille n'est plus très loin, tu le sens dans ton propre corps : elle aspire petit à petit ta vie, il faut que tu laisses la bombe finir son trajet toute seule ! Tu la protèges de loin, jusqu'à ce qu'elle atteigne le lanceur. Une fois qu'elle l'a rejoint, une nuée de carcasses débarquent dans tous les sens pour tenter de détruire le mécanisme de lancement.

Tu fais de ton mieux pour les en empêcher, quand soudain le lanceur se met à tourner sur lui-même, vise la faille et fait feu. L'explosion qui s'ensuit est magistrale et diablement efficace ! La faille est fermée, il ne te reste plus qu'à éliminer les quelques carcasses qui rôdent encore autour de toi et tu auras plusieurs jours, bien mérités, de tranquillité ! Tu en profiteras pour consolider ton quartier général, y ajouter tout un tas de pièges… tout pour accueillir les carcasses le plus « sympathiquement » possible.

BRAVO !

Les carcasses n'ont qu'à bien se tenir, elles ont trouvé un adversaire à leur hauteur !

A 33

Mince, tu n'as rien de tout cela sur toi, que vas-tu pouvoir faire ? À tous les coups, ces éléments servaient à déplacer la bombe le long des rails. Tant pis, tu vas la pousser ! Ça ne va pas être de tout repos… En avançant, la bombe frotte contre les rails et le bruit qu'elle produit attire les carcasses. Tu prends un peu d'avance sur sa trajectoire et remarques que des mastocs, des carcasses plus grosses et plus fortes que les carcasses classiques – et plus moches… est-ce vraiment possible ? –, s'attaquent au lanceur.

Tu les éradiques, non sans mal, et construis une structure défensive autour du lanceur pour le protéger. Tu ne peux pas défendre la bombe et lui en même temps. Mince, impossible de mettre une structure pyramidale pour protéger le sommet, le lanceur est trop grand. Tu réfléchis quelques instants, et un éclair de génie te traverse l'esprit : tu construis des escaliers inversés, ce qui aura pour effet de bloquer les ennemis ! Ils auront du mal à atteindre le mur pour le frapper. Tu retournes en courant vers la bombe – qui n'affiche plus beaucoup de points de vie, elle a dû subir quelques dégâts. Tu te remets à la pousser mais tu es obligé d'alterner entre ça et tuer tout ce qui s'approche de toi, c'est éreintant.

La faille n'est plus très loin, tu le sens dans ton propre corps : elle aspire petit à petit ta vie, mais tu n'as pas le choix, il faut pousser jusqu'à ce qu'elle atteigne le lanceur. La douleur est de plus en plus tenace, tu sens que tes forces t'abandonnent et, manque de chance, une fois que la bombe s'est bien positionnée dans le lanceur, une nuée de carcasses débarquent dans tous les sens pour tenter de détruire le mécanisme de lancement. Tu fais de ton mieux pour les en empêcher, mais tu n'arrives presque plus à tenir ton arme. Avant que le lanceur ait pu entrer en action, la bombe explose dans une déflagration magistrale… et diablement efficace !

PERDU

Tout ce qui est dans le périmètre est rayé de la carte, en dehors de la faille.

A 34

Tu te diriges vers la station-service située un peu plus haut à l'angle de la rue. Tu espères dénicher tout un tas de choses, et que l'odeur de l'essence couvrira la tienne au nez des carcasses ! Heureusement, les monstres n'ont pas l'air de rôder dans les parages. Vu la mauvaise nuit que tu as passée, tu n'as pas forcément envie de te battre de si bon matin.

Tu passes la porte et découvres… tout un tas de babioles qui traînent au sol. En plus d'une caisse de munitions, tu trouves une boîte à outils, dans laquelle tu récupères des **écrous et boulons** et un **bidule rotatif** ! Super, cela te sera certainement très utile !

Tu n'as plus grand-chose à faire ici, il est temps de repartir.

Enfonce-toi un peu plus en ville en A10.

A 35

Aucune raison de risquer ta peau et celle de ton groupe pour un inconnu, surtout que les chances de réchapper à l'assaut sont assez minces. On te demande ton avis quant à la situation. Tu bafouilles quelque peu mais proposes de fouiller une dernière maison avant de rentrer au camp. L'heure tourne et Kyle va avoir besoin de temps pour construire les défenses.

Tout le monde semble convaincu par ton argumentation et vous faites le tour d'une maison qui ne fournira que peu de choses utiles. Sur le chemin du retour, tu te rapproches de Jess. Vous parlez de tout et de rien, de ce que vous étiez et faisiez « avant », dans l'ancien monde. Faut-il le regretter, cet ancien monde, qui n'était centré que sur la réussite sociale et l'individualisme, sur le paraître et non sur l'être ?

Arrivés au restaurant, vous faites l'étalage de toutes les ressources récoltées.

Quelques dizaines de minutes plus tard, alors que tu savoures, aux côtés de Jess, un délicieux burger garanti 100 % sans viande de carcasse, le tonnerre éclate, tout proche. À peine quelques secondes s'écoulent avant que tu entendes de nombreux chocs sur le toit. Une dizaine de Balanceurs se tiennent de l'autre côté du parking. Ces monstres horribles, avec un bras capable de lancer des carcasses sur de longues distances, sont super résistants face aux armes à longue portée, inutile de gâcher des munitions en tirant depuis ta position. Les bruits sur le toit deviennent de plus en plus forts, quand soudain c'est le drame.

Le toit est détruit, et une nuée de carcasses s'infiltrent dans le restaurant. Aussitôt, tu cours vers Jess et la prends dans tes bras. Pourquoi les choses doivent-elles se finir ainsi ? Et comme si cela ne suffisait pas, une petite armée de Bombeurs, ces créatures munies d'une bonbonne de gaz sur l'épaule, pénètre par les fenêtres et réduit le Durrr Burger en un tas de graviers fumants.

PERDU

Si seulement tu avais pu anticiper les attaques des carcasses...

A 36

Tu interpelles le groupe, sidéré qu'ils puissent se poser la question de savoir si oui ou non ils doivent aider un survivant isolé. Ils baissent la tête et s'en veulent d'avoir pu hésiter. Jess doit être sacrément impressionnée par ton éloquence, ta force de caractère et ton empathie, car elle te fixe avec un sourire sincère avant d'apposer sur ta joue un baiser.

Stimulé, tu prends la tête du groupe et le mènes jusqu'à l'homme et son van.

En te voyant, accompagné de toute ta bande, le survivant ne peut s'empêcher de lâcher un soupir de soulagement. Il est ravi de contempler des visages amicaux.

— Bonjour, dit-il en s'approchant de toi. Je suis Larson, mais mes amis m'appellent Lars. Vous tombez bien, j'ai justement besoin d'un coup de main pour fixer ce truc au générateur central.

Lars désigne du doigt une sorte de vélo d'appartement trafiqué mais tu lui apprends la présence de la horde qui se dirige droit vers lui. Aussitôt, une panique non dissimulée emplit son regard. Tu établis un périmètre de défense avec un certain nombre de palissades en bois, disposées tout autour du van. Tu places quelques pièges tels que des pieux rétractables du sol et un propulseur mural qui repousse les ennemis quand ils sont à portée. Rapidement, les coups de feu éclatent dans tous les sens, les carcasses se succèdent à une vitesse folle. Vous voyez un petit groupe de monstres succomber sur votre piège.

— C'est l'heure d'aller aux pieux ! lances-tu amusé.

Jess ne peut s'empêcher de rigoler – bien que miteuse, ta blague a fait son petit effet !

Au loin, tu aperçois avec effroi un Fracasseur qui vous fonce dessus. S'il atteint les défenses, il y a de fortes chances pour qu'il explose tout avec son bras surpuissant. Tu t'équipes de ton Spectre (l'arme, pas la créature volante !) et vises la tête du monstre. Il s'étale, mort, à quelques centimètres des défenses. Quelques carcasses plus tard, la horde est vaincue. Enfin !

— Merci, les amis ! lance Lars. Vous avez été diablement efficaces, je me serais fait dévorer et mes instruments auraient été anéantis si vous n'aviez pas été là !

— À quoi servent-ils ? demandes-tu en reprenant ton souffle.

— Avec un peu de bleuite, mon cher van va pouvoir décoller et récolter tout un tas de données en effectuant un repérage des alentours.

Si tu as récupéré un **module de survie**, va en A21.

Si tu n'as pas récupéré de module de survie, va en A37.

A 37

Lars insère deux bleuites dans le compartiment à l'avant du van et ce dernier commence son ascension.

À peine les relevés commencés, une nouvelle fournée de carcasses vous assaille ! Vous tenez bon jusqu'à ce que le van touche de nouveau terre. Vous prenez les relevés effectués, mais sous les assauts répétés des monstres tu dois abandonner le véhicule. Lars, résigné, sait qu'il ne peut faire autrement s'il veut survivre. Vous quittez les lieux et bientôt, une explosion retentit derrière vous.

Quelques minutes plus tard, vous arrivez au restaurant, où les survivants vous attendent, armes à la main.

— C'était quoi, cette explosion ? demande Kyle, inquiet.

— C'était mon van, ma guitare… ma vie ! sanglote Lars.

— Qui êtes-vous ?

— On fera les présentations plus tard, dis-tu.

Le plus important à savoir, c'est que nous avons pu effectuer de nombreux relevés des alentours. On a un boulot à finir, des carcasses nous ont suivis.

Ni une ni deux, une grande partie des survivants t'épaulent et font feu sur les créatures qui tombent comme des mouches. Autour d'une boisson bien chaude, Kyle débriefe son analyse des données ramenées du van. Il apparaît qu'un certain nombre de camps de carcasses sont établis dans les environs. Des équipes vont être constituées pour les éradiquer rapidement. Jess est super fière de toi et de tes décisions. Elle glisse sa main dans la tienne et dépose un baiser sur tes lèvres.

PAS MAL !

Tu vas survivre, et en bonne compagnie !
Cela dit, le restaurant aurait pu être
plus sécurisé et résistant.

B1

La forteresse que tu vois au loin te semble être ta meilleure option. Quoi de mieux qu'un bâtiment massif, encore debout après un tel cataclysme, pour établir un campement durable ?

S'agit-il d'une prison ? D'une base militaire ? D'une vieille usine de produits chimiques ? Qu'importe. Harnaché à ton parapente, tu t'élances dans le vide. Cette sensation grisante te procure un court instant de bonheur, cela faisait un certain temps que tu n'avais pas eu l'occasion de te déplacer de la sorte.

Les arbres qui te séparent de la forteresse vont t'empêcher d'aller plus loin par les airs. Tu atterris à la lisière de la forêt et entames ta marche, en faisant attention de ne pas te faire remarquer et dévorer par les carcasses qui rôdent. Tu vérifies discrètement sur ta radio que le signal de détresse provient bien de cette direction. Il est moins brouillé, et tu en entends une partie : « Si quelqu'un peu -ntendre besoin aide seule ici. » Le message, à la voix féminine, tourne en boucle. La personne qui l'émet est-elle toujours en vie ?

Tu poursuis ta route. Alors que tu arrives à l'orée de la forêt, tu déchantes ! Devant tes yeux, sur une place gigantesque s'étendant jusqu'à l'entrée du bâtiment, des centaines de carcasses en tout genre. Elles font un bruit sourd et lancinant – elles et la multitude de pièges qui les éliminent lorsqu'elles s'approchent trop près. Écrasées, électrocutées, transpercées par des pieux… toute l'installation défensive est diablement efficace ! Ce bâtiment a l'air imprenable. Tu te mets à rêver… et si tu pouvais installer ton quartier général à l'intérieur ? C'est un peu fou, mais après tout, pourquoi pas ?

Cependant, si tu décides de pénétrer là-dedans… il va te falloir trouver une entrée moins… dangereuse ! Impossible d'accéder par la porte avant, à moins de vouloir se faire charcuter par les carcasses ou les pièges installés, ce qui ne serait pas judicieux !

Si tu veux dénicher une autre entrée – si elle existe –, va en B2.
Si le message de détresse ne t'inspire pas confiance, pousse ton voyage un peu plus loin, va en B3.

B2

Contourner la masse de carcasses et chercher une entrée secondaire est certainement la meilleure chose à faire. Tu te glisses à travers les bois, à l'affût d'un chemin dégagé qui te permettrait d'atteindre l'autre côté du bâtiment. Tu arrives à une rivière dont le courant s'écoule vers la forteresse. Tu as trouvé ton nouveau moyen de transport ! Sans hésiter, tu plonges. Tu contournes la structure et observes attentivement les murs, mais aucune porte à l'horizon. Pénétrer à l'intérieur sera moins aisé que tu ne le pensais. Finalement, tu déniches, derrière un buisson, une trappe d'aération. Voilà ton entrée ! Tu progresses dans le système de ventilation, un peu à l'aveugle, et débouches dans le hall du bâtiment. C'est gigantesque !

Derrière toi, la porte d'entrée principale et le bruit des carcasses qui se font déchiqueter sur les pièges. Pourvu que la défense ne cède pas maintenant !

L'intérieur du bâtiment est très aseptisé, bien que ça soit le bazar dans tous les coins ; c'est une installation ultrasophistiquée, un peu décrépie. Tu ramasses une grenade dans une caisse de munitions. C'est toujours bon à prendre. Au fond, une porte métallique grise est entrouverte. Tu la pousses et… Hein ?

Tu t'attendais, dans tes espoirs les plus fous, à rencontrer une tripotée de survivants avec des banderoles « Bienvenue ». À la place, tu trouves une fusée ! Alors que tu contemples le vaisseau haut de plusieurs dizaines de mètres, tu manques de glisser en marchant dans un tas de poussière un peu gluant. Soudain, un bruit attire ton attention. Là, derrière la paroi, quelque chose, ou quelqu'un, bouge.

Si tu veux exploser le mur, va en B4.
Si tu veux modifier la paroi pour créer une porte, va en B5.

B3

Contourner la masse de carcasses sans se faire repérer et chercher une entrée secondaire est certainement la pire des choses à faire. Tu risques de t'épuiser, ainsi que tes munitions, pour au final découvrir que le message n'est qu'un enregistrement qui tourne en boucle car tout le monde est mort dans ce complexe. À l'intérieur du bâtiment, tu risques de ne rencontrer que des problèmes sous forme de carcasses aux yeux jaunes brillants. Fontainebois ne semble pas être le meilleur endroit pour sauver l'humanité. Tu décides alors de pousser le voyage jusqu'à Morne-la-Vallée : peut-être restera-t-il quelque chose ou quelqu'un à sauver dans ces paysages arides... Si tant est que tu ne tombes pas directement nez à nez avec le *Roi de la tempête*, ce monstre immense lanceur de lasers, d'ondes de choc, invocateur de carcasses, générateur de failles… Bref, ce monstre à l'origine du mal !

Après quelques mètres seulement, tu croises un animal tout à fait surprenant qui te sort de tes pensées. Devant toi, figé, et te regardant du coin de l'œil avec une certaine appréhension, un lama multicolore ! Sans faire de gestes brusques, tu dégaines ton fusil, le mets en joue et tires. Telle une piñata, le lama explose dans une gerbe multicolore et dévoile un formidable butin. Grenades, potions de soin et munitions, quelle aubaine ! Rien de mieux pour commencer le trajet. Tu t'empresses d'ajouter tout ça dans ton sac, quand rapidement la situation se gâte. Tu aperçois, au loin, se dirigeant droit vers toi, un nuage de poussière, certainement provoqué par une horde de carcasses en furie. Impossible de faire demi-tour et de courir vers Fontainebois.

Tu te mets à réfléchir à toute allure, quelle est la meilleure conduite à tenir ?

Si tu veux attaquer, va en B6.
Si tu veux construire une défense, va en B7.

B4

Mieux vaut ne pas courir de risque ! Tu es dans un lieu rêvé pour t'installer et sauver Fontainebois, tu ne peux pas te permettre de laisser les carcasses prendre le dessus. La grenade trouvée un peu plus tôt va t'être des plus utiles ! Tu dégoupilles et la lances au plus près du mur d'où provient le son, avant de courir te mettre à l'abri dans le hall.

L'explosion ne tarde pas. Dans un vacarme assourdissant, l'engin explosif a fait son office, il a détruit la paroi visée et tous les occupants qui se situaient derrière. Tu ne découvres, bizarrement, aucun morceau de carcasse, aucune trace de sang ou de quelconque liquide corporel. Au milieu des débris, un éclat métallique attire ton attention : tu dégages quelques gravats et mets au jour les restes démembrés de ce qui fut un robot. Ce que tu as entre les mains devait sans aucun doute être son torse.

Qu'as-tu fait ? Alors que tu te tritures le cerveau en réalisant ta bourde, un voyant vert, situé au centre de la partie que tu tiens, passe au rouge. Voilà qui ne doit pas être bon signe.

Aussitôt, une voix préenregistrée sort des haut-parleurs incrustés dans les plafonds.

« Autodestruction du complexe enclenchée. Veuillez évacuer le périmètre. Détonation dans 3, 2, 1... »

BOOOOOM
PERDU

Quel tempérament explosif !

B5

Dans la vie, il faut savoir prendre des risques, et tu sais de quoi tu parles ! Tu respires un grand coup et entames la modification de la paroi en créant une porte. Tu dégaines ton fusil à pompe, prêt à te défendre si tu as commis une erreur de jugement. De l'autre côté, tu découvres la survivante, celle qui envoyait le message de détresse. Si tu t'attendais à trouver une grande et jolie brune aux yeux marron, c'est loupé ! La survivante est plutôt petite, grise, toute carrée, avec un seul œil blanchâtre, et elle vole.

— Bonjour ! Je suis Ray, dit la voix robotique, mais très enjouée, sortant d'un haut-parleur intégré. Je suis l'assistante de feu la chercheuse en chef. Je commençais à me sentir à l'étroit là-dedans.

Tu n'en reviens pas. La survivante n'est autre qu'un robot de 20 × 20 cm ! Tu restes muet face à ta découverte.

— Alors, l'aventurier, continue-t-elle, quel est ton plan ?

Devant ton regard interrogatif, elle reprend la parole.

— Très bien, c'est pas grave, voici ce que l'on va faire. Enfin, c'est toi qui vas le faire, moi je serai là pour surveiller ! Écoute bien : la chercheuse que j'assistais travaillait sur un projet top secret, une arme ultrapuissante, une sorte de fusil pour éliminer les carcasses de manière ultrarapide. Bon, il se trouve que toutes les pièces n'étaient pas forcement bien calibrées et, lors du test, elle a été, comment dire, transformée en un petit tas de matière inerte.

Tu deviens blanc et regardes tes chaussures. Tu ne peux t'empêcher d'avoir un haut-le-cœur.

— Oh, il semble que tu l'aies déjà rencontrée ! dit Ray d'une voix amusée. Chouette, les présentations sont faites ! Alors, entrons dans le vif du sujet ! J'ai besoin d'aide, d'où mon message. C'est bien pour ça que tu es là, non ?

Elle ne te laisse pas le temps de répondre.

— J'ai besoin que tu déclenches la fusée, elle pourrait nous en apprendre davantage sur la situation globale. Tu es partant ? Personnellement, il faut que je sache ce qu'il se passe dehors. Enfin, pas dehors, là, derrière la porte, j'ai déjà vu que ce n'était pas terrible... Non, dehors… partout ailleurs !

Ray te fixe de son œil unique, sans un mot. Ah, elle attend une réponse, peut-être !

Si tu veux aider Ray, va en B8.
Si tu préfères explorer la base sans prêter attention à Ray, va en B9.

B6

Tu es ici pour sauver l'humanité, hors de question de reculer devant le premier combat. Ce ne sont pas quelques carcasses qui vont te faire peur ! Même si elles semblent vraiment très nombreuses…

Tu construis une demi-palissade, juste assez grande pour pouvoir t'abriter derrière, et prépares ton arsenal. Tu amorces les grenades et attends que les créatures soient à portée. Tu lances alors l'explosif, le plus loin possible. BOUM ! L'explosion a sans aucun doute fait des dégâts dans la horde. Tu dégoupilles la seconde, la lances et RE-BOUM ! C'en est presque plaisant !

La fumée provoquée par les grenades se dissipe un peu. La horde s'est arrêtée, aurais-tu fait peur aux carcasses ? Soudain, un étrange objet cylindrique roule à tes pieds. L'objet ressemble en tous points à… une grenade ? Tu entends dans le même temps des balles fuser tout autour de toi. Tu sautes à l'abri, un quart de seconde avant que la grenade n'explose, emportant ta construction.

Mais, bon sang, depuis quand les carcasses utilisent-elles des armes à feu et des grenades ? Tu décharges tout ton chargeur dans la direction de tes assaillants, avant de distinguer, un peu tard, un camion et des voitures. Oh, non ! Ce ne sont pas des carcasses, mais un groupe de survivants que tu viens d'attaquer !

PERDU

Ta stupeur sera de courte durée, une balle lourde vient de transpercer ta petite cervelle.

B7

Vu la topologie, impossible de fuir. De toute façon, les carcasses te poursuivraient, tu es trop loin de tout. Si tu te mettais à courir, tu serais épuisé bien avant elles ! La meilleure chose à faire est de construire une défense et d'espérer pouvoir tenir assez longtemps pour toutes les éliminer avant de te faire tuer !

Tu construis, avec le peu de ressources à ta disposition, une structure défensive. Mieux vaut être au-dessus de tes cibles, les tirs à la tête sont plus efficaces !

Tu t'abrites et serres les dents, anxieux, prêt à les affronter. Le nuage se rapproche et avec lui un son étrange : ce n'est pas le brouhaha habituel des carcasses, on dirait plutôt un bruit de moteur. Un klaxon retentit à travers la poussière.

Au lieu d'une horde de carcasses, tu découvres un groupe de survivants, et motorisés en plus ! Tu descends de ton perchoir, ravi et soulagé, et fais de grands signes aux conducteurs. Le vieux bus scolaire et les voitures s'arrêtent à quelques mètres de toi. Rencontrer un groupe de survivants est une super opportunité. Tu peux sans doute leur demander de l'aide, un appui pour sauver Fontainebois ! Tu t'imagines déjà organiser une contre-attaque sur la ville et être porté en héros. Cependant, à la vue du chef du groupe qui descend du bus, un drôle de frisson te parcourt l'échine. L'homme s'approche de toi, veste et pantalon en jean noir, tee-shirt anciennement blanc et taché de sang, bottes militaires. Il porte fièrement dans sa main droite une batte de base-ball qui n'est pas de première jeunesse. À première vue, c'est une Fortville Slugger 3000, une arme légendaire aux caractéristiques de frappe impressionnantes.

— Salut ! lance-t-il d'une voix railleuse. C'est dangereux de se balader seul dans le coin. Tu as besoin d'aide ? Notre groupe accueille tout le monde, il y a de la place pour toi si tu le souhaites !

Tu ne sais pas vraiment quoi répondre, tu as l'impression que cela risque d'influencer drastiquement le reste de ta vie !

— Au fait, moi, c'est Nick. C'est moi le responsable de tout ce petit monde. Alors, tu viens ?

Si tu veux rejoindre le groupe sans faire de vagues, va en B11.
Si tu veux agir en leader et proposer un plan pour sauver la ville, va en B10.

B8

Si un jour on t'avait dit que tu lancerais une fusée dans l'espace, tu n'y aurais jamais cru ! Il faut avouer que si on t'avait dit qu'un jour une tempête anéantirait presque toute la population et ferait apparaître des créatures tout droit sorties de tes pires cauchemars, tu n'y aurais pas cru non plus !

Ray te donne quelques indications pour mettre en marche l'appareil. Tu dois réunir de la bleuite, une substance étrange de couleur bleue, qui sert de carburant. Tu fouilles les caisses environnantes et trouves rapidement ce dont tu as besoin. Tu insères la bleuite dans le réservoir conçu à cet effet, puis remontes en salle de contrôle. La tension est palpable, tu as les mains moites, un grand moment se prépare.

— Allumage des moteurs ! lances-tu. Décollage.

La fusée vrombit et le local se remplit d'une fumée qui t'empêche de voir ce qui se passe dans le sas de décollage. Tu jettes un œil aux écrans de contrôle, tout a l'air en ordre. Quelques minutes plus tard, la fumée s'estompe, plus de fusée. Jusque-là tout va bien.

Soudain, l'un des écrans, inactif jusqu'alors, s'anime. Une vue du satellite déployé par la fusée que tu viens de lancer s'affiche.

— Nom d'un boulon ! s'écrie Ray. La situation est passée de catastrophique à cataclysmique !

Sur l'écran, la Terre. Une Terre entourée d'un épais nuage violacé, la tempête, qui recouvre tout, à l'exception de quelques endroits.

— D'après mes premières analyses, dit Ray, quatre villes ne sont pas encore tombées totalement sous le joug de l'envahisseur : Fontainebois, Villeplanche, Morne-la-Vallée, Pics-Hardis. On est mal ! On est très très mal !

— Oui, j'avais remarqué... Il faut faire quelque chose. Il y a forcément quelque chose à faire, non ?

— Tu pourrais commencer par dégager la place devant la base, j'ai peur que les pièges installés ne soient bientôt détruits par le flux continu des carcasses qui se jettent dessus.

— Mais comment faire ? Je n'ai que ça ! dis-tu en montrant ton fusil à pompe.

— Oh, mais rien de plus simple ! Il faut trouver la caisse numéro 271 286.

— Il y a quoi, dans la caisse ?

— Je n'en ai aucune idée, mais le protocole m'indique que c'est à l'intérieur que tu trouveras de quoi « éliminer rapidement une menace importante, à n'utiliser qu'en cas d'urgence ».

— Une idée d'où se situe cette caisse ? demandes-tu, perplexe.

— Oui ! répond Ray fièrement, avant de se figer.

Tu fixes le robot, attendant la suite.

— Oh, pardon ! Juste derrière toi.

Tu fais volte-face et te retrouves nez à nez avec une caisse massive sur laquelle sont apposés divers autocollants aux couleurs vives. « DANGER » « O.U.R.S » « NE PAS TOUCHER ».

— C'est quoi ?

— Ne t'inquiète pas, les autocollants ne sont pas à jour ! Apporte la caisse devant la porte, tu verras, ça va être marrant.

Avec un brin de méfiance, tu t'exécutes.

— Je vais ouvrir et tu la balances dehors, OK ?

Tu hoches la tête et la porte s'ouvre : tu pousses de toutes tes forces la caisse à l'extérieur, le plus loin possible, puis tu reviens en courant, juste avant que la porte ne se referme. Les carcasses foncent sur la caisse, qui se brise et révèle… un ours géant… en métal… équipé de deux lourdes mitrailleuses.

S'ensuit un véritable carnage. En moins de dix minutes, l'intégralité de la place est nettoyée.

Si tu veux fouiller le complexe, va en B12.
Si tu préfères demander à Ray un conseil pour la suite des événements, va en B13.

B9

Tu assimiles toutes les informations que le robot vient de te donner. Que contient réellement la fusée, et à quoi sert-elle ? Dois-tu faire confiance à « Ray » ? Qui est-elle (ou quoi) ? Quel est son vrai nom ? Ray… Ray Skywalker ? Pourquoi était-elle enfermée derrière cette cloison ? Et si elle était responsable de la mort de la scientifique ?

Trop de questions sans réponses ! L'informatique, la course à la technologie, ont mis à mal le monde. Des ondes dans tous les sens, la 5G, la 6G, la 7G ultra +. L'outil électronique qui était censé rapprocher les gens n'a été qu'une source continue de problèmes nous poussant à nous méfier de tout et de tous, jusqu'à anéantir toute société basée sur le bien-être et l'entente.

— Allez, dit Ray de sa voix robotique, aide-moi à lancer cette fusée, tu verras, c'est très utile pour nous tous ! Nous pourrons même manger une part de gâteau une fois que ça sera fini !

Hors de question de croire les dires d'un robot. Tu regardes la machine flotter devant toi, et plus tu la regardes, plus tu as peur.

— S'il te plaît, j'ai besoin de toi ! implore-t-elle. Je ne peux pas sauver le monde toute seule, j'ai besoin de ton aide, le monde entier a besoin de toi !

Peut-elle lire dans tes pensées ? Sait-elle que tu ne vas pas l'aider ? Doucement, tu fais demi-tour et retournes dans le hall. Mais elle ne lâche pas l'affaire.

— Mais attends, qu'est-ce que tu fais ? Tu dois m'aider, l'avenir de votre humanité est en jeu !

Tu serres les dents et traverses sans faire de faux mouvements le hall d'entrée, tu veux atteindre la sortie le plus vite possible. Espérons qu'elle n'ait pas une arme dissimulée dans son fuselage. Un robot n'a sans doute pas d'état d'âme à abattre sa cible en lui tirant dans le dos !

— Mais reviens ! crie-t-elle la voix tremblante.

Plus que quelques pas et tu peux atteindre le bouton d'ouverture des portes. CLIC, ça y est, elles s'ouvrent. Tu bondis dehors et cours… Jusqu'à ce que tu te rendes compte de ta grosse erreur : tu avais un peu oublié les carcasses qui peuplaient la place devant le bâtiment. Un millier d'yeux globuleux se tournent vers toi. C'est la dernière chose que tu verras avant de mourir… de peur ! (Ou sous les coups des carcasses, peut-être !)

PERDU

La ville restera encore quelque temps à la merci des créatures. Pas merci ! ... et pas de gâteau !

B10

Aucune raison de se laisser impressionner par cet homme-là. Tu vas vers lui et tends la main pour te présenter à ton tour. Mais Nick la regarde avec dédain.

— Voilà ce que j'te propose, dis-tu. Nous devrions, toi, moi et ton groupe, vider la ville de ses carcasses quartier par quartier. Tu en dis quoi ?

Nick te regarde en mâchouillant son chewing-gum. Il plisse un peu les yeux, comme perdu dans ses pensées, puis s'approche de toi et te prend par les épaules.

— C'est un super plan que tu nous présentes là, dit-il d'un ton qui se veut amical. Je suis vraiment ravi que nos chemins se soient croisés, je ne pense pas que j'aurais pu mener mon groupe vers un meilleur avenir.

— Vraiment ? réponds-tu, un peu méfiant.

— Oui, oui, je t'assure.

Toujours en te tenant par l'épaule, il t'amène vers le bus, rempli de survivants.

— Les amis, dit-il en s'adressant à son groupe, voici l'homme qui va tous nous sauver. Dis-leur bonjour.

Nick te lâche et te tapote dans le dos, comme pour te donner du courage.

— Euh, bonjour tout le monde, dis-tu un peu timidement. Je m'appelle…

Tu n'auras pas le temps de finir ta phrase. Nick abat sa batte sur ton crâne, mettant fin à ta présentation – et à ton aventure. Apparemment, il n'apprécie pas qu'on lui vole la vedette !

PERDU

Mort, tué par un autre être humain, un comble dans ce monde qui n'en comporte plus que 2 % !

B11

Tu n'es pas persuadé que ça soit l'idée du siècle, mais tu sais que tu ne feras pas long feu en restant seul. Tu acceptes de rejoindre leur groupe. Nick sourit et t'indique de t'asseoir avec les autres membres dans le bus. À l'intérieur, peu ont des mines réjouies – non pas que ta présence les gêne : ils ont plutôt l'air malheureux.

Le bus redémarre, Nick est au volant et fait de nombreuses embardées. Il écrase autant de carcasses que possible en riant à gorge déployée de façon malsaine.

Le bus s'arrête enfin au pied d'une vieille usine désaffectée : leur refuge. Sans plus de cérémonie, et avant que tu puisses récupérer ton matériel, un membre te conduit dans une pièce, garnie de ce qui se rapproche le plus d'un lit.

— Il faut dormir maintenant, demain la journée va être longue, dit-il d'une voix morne et monotone.

Mais où es-tu tombé ? Le lendemain, tu découvres que ce groupe se fait appeler « la résistance ». Nick t'explique qu'ils sont prêts à tout pour survivre, et que maintenant la survie dépend d'une seule chose : éliminer les menaces. Et aujourd'hui, il faut détruire un camp.

Malgré ton mauvais pressentiment de la veille, tu es finalement ravi d'avoir trouvé un groupe aussi bien organisé. Tu as l'impression que chacun est à sa place, ne reste plus qu'à trouver la tienne !

Si tu veux te porter volontaire, va en B14.
Si tu préfères tisser des liens avec les membres du groupe, va en B15.

B12

La base est sécurisée, c'est le moment de prendre le temps de la fouiller de fond en comble, et pourquoi pas mettre la main sur un nouvel O.U.R.S !

Ton excitation est à son comble quand tu découvres une pièce remplie de vivres. Une chose est sûre, tu ne mourras pas de faim ! Enfin, pas tout de suite. Ray t'accompagne, t'aide à réaliser l'inventaire et t'oriente pour que tu ne te perdes pas dans ce dédale de couloirs.

La fin de journée approche et tu n'as pas mis la main sur la moindre arme ou caisse de munitions, ce qui est bien dommage, car une nouvelle faille s'ouvre non loin de la base : revoilà les carcasses qui affluent contre les murs et les pièges.

O.U.R.S se met de nouveau à tirer des rafales, jusqu'à ce qu'il soit à court de munitions. Tu entrouvres la porte pour constater l'ampleur de la situation. Le moment est mal choisi car, *comme par hasard*, Balanceurs, Carapaceurs et Atomiseurs sortent de la faille et courent droit vers la base ! Un Atomiseur pousse un cri pendant quelques secondes et déverse son laser dans ta direction. La puissance du coup te fait voler en arrière à travers le hall.

Ray est dans tous ses états, elle tournicote dans les airs, appelant à l'aide. De ta position, tu vois, à travers la porte entrouverte, un Fracasseur chargeant le bâtiment. Ses pas lourds font vibrer le sol, il explose la porte d'un coup de bras difforme et continue sa course vers toi, t'écrasant comme un vulgaire insecte. Les carcasses envahissent la base… et ta tête ressemble à de la bouillie.

PERDU

Tout espoir de sauver Fontainebois est perdu !

B13

— Tu as une idée pour la suite ? demandes-tu.

— Une nouvelle tempête va se déclencher, il faut vite mettre en route un ATLAS !

En guise de réponse tu fronces les sourcils, ne comprenant pas en quoi un livre de géographie pourrait repousser une tempête de carcasses !

— Un ATLAS est une structure de défense avancée qui, correctement réglée, peut éliminer une partie de la tempête.

Ray se dirige vers une partie secrète du laboratoire et se campe devant un ordinateur.

— Imaginée par l'entreprise Vindertech, l'ATLAS a été développé par…

Tu ne laisses pas Ray terminer sa phrase.

— On va passer les détails, tu veux bien ? On a du pain sur la planche !

— Hum, oui, tu as raison. Il faudrait placer l'arme anti-tempête au centre de la place, devant la Base. Tu penses pouvoir y arriver ?

Tu saisis l'ATLAS et te précipites à l'extérieur. L'heure tourne, la tempête approche ! Tu le déposes à l'endroit indiqué par Ray et, instantanément, un cube métallique de trois mètres prend forme devant toi. Au centre, un anneau flotte et tourne autour d'une quantité non négligeable de bleuite.

— Bien ! dit Ray à travers ta radio. Tu n'as plus qu'une chose à faire : le défendre. Regarde à l'ouest, lâche-t-elle un peu inquiète.

Horreur ! Une horde de carcasses se dirige dans ta direction. Il va falloir agir vite ! Tu commences ta construction quand tu es pris d'un doute : quelle est la meilleure défense à mettre en place ?

Si tu veux construire une palissade de forme pyramidale, va en B16.
Si tu veux construire une palissade droite, renforcée par une rangée de demi-palissades, va en B17.

B14

Plutôt reconnaissant que Nick et les membres de son groupe t'accueillent, tu te sens presque obligé de te porter volontaire pour la mission. D'autant plus que tu veux impressionner « la résistance » et grimper rapidement dans la hiérarchie. Tu as une âme de chef, tu veux être l'un des responsables, un de ceux dont on se souviendra du nom pour avoir sauvé la ville, l'humanité !

Ton comportement semble plaire à Nick et, pour te prouver sa gratitude, il sort d'une caisse une épée moyenne légendaire.

— Mon ami, voici la Slice'n Dice ! Avec ça, tu vas faire un malheur.

Plus large à la pointe qu'à sa base, l'épée est plutôt lourde, mais facilement maniable. Tu ne doutes pas qu'elle fasse de gros dégâts. Tu te vois déjà éliminer des carcasses par dizaines avec cette arme.

Au vu de ta motivation, tu es mis à la tête d'un groupe qui part à l'assaut. Tu ne sais pas trop quoi répondre, tu es ravi de la tournure des événements. Tu vas pouvoir prouver ta valeur. Tes doutes s'estompent : si Nick était vraiment dangereux, t'aurait-il donné une arme si puissante ?

Le bus, qui démarre quelques instants plus tard, quitte l'usine et roule de longues minutes.

Tu arrives au point de rendez-vous en B18.

B15

Courageux, mais pas téméraire, si personne ne te demande de – ou ne te force à – risquer ta peau, tu ne vas pas aller te proposer de ton plein gré… surtout pour une communauté que tu ne connais pas vraiment.

À la place, tu te fixes comme objectif pour la journée d'en apprendre un peu plus sur les autres membres de ce groupe, qui en comporte une bonne centaine. Tu vas donc à la rencontre de quelques travailleurs réunis et te présentes.

Tu apprends que chaque membre a des devoirs, une occupation journalière à effectuer, et qu'aucun ne peut posséder de biens personnels. Rapidement, tu déchantes. D'autant plus quand tu apprends que ce groupe, « la résistance », est contrôlé par un chef sanguinaire et limite psychopathe et que tous les membres sont plus ou moins prisonniers. Certes, ils n'ont pas de chaînes aux pieds ni de grilles qui les empêchent de partir, mais s'ils osent quitter l'usine sans l'accord de Nick, ils sont exécutés par les gardes, des soldats qui patrouillent en continu.

Comme preuve, ils te détaillent la mission du jour. « Détruire un camp », ce n'est pas, comme tu le pensais, éliminer un repaire de carcasses pour rendre les environs plus sécurisés, non, c'est éliminer un autre groupe de survivants qui a osé refuser de se soumettre aux volontés de Nick.

Tu es abasourdi, révolté : l'humanité vaut-elle encore le coup d'être sauvée ?

Si tu veux fuir pour prévenir le groupe de survivants, va en B32.

Si tu veux te confronter à Nick, va en B33.

B16

Avec une certaine appréhension, tu t'affaires de longues minutes à construire des défenses en forme de pyramide tout autour de l'arme anti-tempête. Ray ne dit pas un mot, sûrement pour ne pas te déconcentrer dans ta création ! Ou alors, elle sait que la fin est proche, et elle s'est autodétruite…

Pas le temps de renforcer les défenses que les carcasses sont déjà à portée, tu tires !

Soudain, un Fracasseur apparaît au loin. Cette carcasse difforme possède un bras démesuré qui lui sert de marteau géant ou de bélier. Elle prend son élan et fonce à toute vitesse vers tes défenses. Tu t'attends au pire. Le Fracasseur arrive à hauteur de ta structure et, contre toute attente, au lieu de la percuter, il marche dessus et est projeté quelques mètres plus loin devant les pièges de la base. SPLAF !

— Impressionnant ! hurle Ray à la radio. Mais ne te crois pas tiré d'affaire. Tu dois repousser les carcasses jusqu'à la fin du chargement du laser pour…

Ray n'a pas le temps de finir sa phrase qu'un rayon bleuté émane du haut de l'ATLAS et file vers les nuages violacés. Presque instantanément, tout le ciel se dégage. La tempête a été vaincue, du moins localement et temporairement !

— Parfait ! lance-t-elle, maintenant on passe à l'étape suivante : réparer le bouclier anti-tempête !

Si tu veux suivre les conseils de Ray et réparer le boulier anti-tempête, va en B20.

Si tu veux l'ignorer et aller chercher le prototype d'arme dans le complexe, va en B19.

B 17

Tu décides de construire des défenses bien droites tout autour de l'ATLAS. Tu établis un deuxième périmètre de sécurité avec une rangée de demi-palissades qui te permettront de t'abriter tout en ayant une vue dégagée pour tirer sur les créatures. Tu t'affaires de longues minutes tout autour de l'arme anti-tempête. Étonnamment, Ray ne dit pas un mot, sûrement pour ne pas te déconcentrer dans ta création !

Soudain, tu entends des grognements derrière toi. Les carcasses sont déjà là. Tu t'accroupis derrière une demi-palissade, vises et tires !

Elles tombent comme des mouches. Tu es plutôt fier de toi : elles n'arriveront jamais à atteindre l'ATLAS, tu en es persuadé !

Persuadé... jusqu'au moment où un Fracasseur apparaît devant toi. Cette créature difforme au bras démesuré, qui lui sert de marteau géant ou de bélier, prend son élan et fonce à toute vitesse vers tes défenses.

Tu vides une partie de ton chargeur sur la créature, mais c'est trop tard, le Fracasseur enfonce les murs et commence à frapper l'ATLAS, qui se met à grésiller.

Tu as beau lui tirer dessus, rien n'y fait ! La créature possède énormément de points de vie et tu n'arriveras pas à l'abattre avant que toutes les autres carcasses ne te tombent dessus. L'ATLAS explosera quelques secondes après ta tête.

Tout espoir est…

… PERDU

B18

Le bus rejoint l'une des routes encore praticables et roule à vive allure jusqu'à atteindre l'entrée de Fontainebois. Nick emprunte l'artère centrale avant de tourner dans une rue plus modeste et de s'arrêter sur le parking de la célèbre chaîne de restauration rapide « Durrr Burger ».

Terminus, tout le monde descend ! Les membres de la résistance quittent le véhicule et commencent à éliminer les carcasses qui arrivent en nombre, attirées par le bruit du bus. Tu découvres à cette occasion des carcasses que tu n'avais encore jamais rencontrées jusqu'alors !

Une carcasse en jupe avec une flamme sur la tête… original !

— Faites attention aux Lobbeuses, crie Nick au groupe, éliminez-les en premier !

Tu comprends rapidement pourquoi il donne cet ordre. Ces carcasses attaquent de loin et font beaucoup de dégâts ! Rapidement, tu parviens à repérer deux types de Lobbeuses : celles qui envoient leur tête pour faire des dégâts ont une flamme de couleur violette, et celles qui en ont une verdâtre envoient des boules de poison ! Certains membres de la résistance se font toucher, dont deux qui meurent sur le coup. Mais cela ne semble pas affecter Nick le moins du monde.

Quelques minutes plus tard, le ménage est fait, et Nick requiert l'attention de ses troupes pour prendre la parole.

— Mes amis, voici notre cible, dit-il en désignant le restaurant derrière lui. Ils n'ont pas voulu nous rejoindre et se sont barricadés à l'intérieur, alors pas de quartier ! La mort est leur seule issue. Ce qui est à eux sera bientôt à nous. Est-ce bien clair ?

Comme un seul homme, le groupe répond sans grande conviction un « oui, chef ! ». Toi, tu es horrifié.

Rebelle-toi en B22.
Prends part à l'attaque et va en B21.

B19

— Attends, Ray, j'aimerais essayer quelque chose. J'arrive.

À l'intérieur du bâtiment, Ray tente de te dissuader, mais tu ne lui laisses pas le loisir de s'exprimer.

— Ray, j'ai une meilleure idée !

— Mais je n'ai encore rien dit ! proteste-t-elle.

— Peut-être, mais mon idée est forcément meilleure, lui lances-tu d'un ton moqueur avant de pénétrer dans une partie du labo top secret. Si la chercheuse du complexe travaillait sur une arme révolutionnaire, c'est le moment de s'en servir, tu ne penses pas ?

Prenant soin d'enjamber le tas de cendres, feu la chercheuse en chef, tu empoignes le prototype d'arme sur lequel elle travaillait.

— Un *Fossoyeur* ? Mais c'est nul ! dis-tu, déçu.

— Pardon ? s'offusque Ray. Mais regarde de plus près, ce fusil d'assaut n'a rien de « nul », comme tu dis. C'est une arme légendaire dont le taux de critique est des plus importants, et les modifications apportées lui confèrent un type énergie. Enfin… sur le papier !

— Oh ! voilà qui change la donne ! dis-tu tout sourire. C'est une arme très puissante que je tiens entre les mains !

Si tu veux tester le Fossoyeur, va en B30.
Si tu veux reposer l'arme, va en B31.

B 20

Tu arrives à la base, épuisé mentalement et physiquement par le combat mené. Ray t'accueille en t'expliquant ta nouvelle mission.

— Je vais devoir réparer le bouclier anti-tempête et le déployer devant le bâtiment, non loin de l'ATLAS. Tu peux m'aider en me protégeant des carcasses ? Je suis assez fragile !

— Quoi ? Tu es un robot et tu n'as pas une santé de fer ? dis-tu en riant à ta propre blague.

Ray ne répond rien et te regarde fixement. Tu arrêtes de rire et un silence gênant s'installe.

Le bouclier anti-tempête est une structure métallique de forme pyramidale bourrée de haute technologie. Tu couvres Ray pendant qu'elle joue de ses pinces et tournevis multifonctions.

Si des carcasses venaient à mettre leurs sales griffes à l'intérieur, c'en serait fini de vous et de vos projets !

— Ça y est ! dit Ray, joyeuse, je n'ai plus qu'à appuyer sur ce bouton et le tour est joué !

Malheureusement, rien n'est simple, et le bouclier met du temps à démarrer. Le vacarme produit par l'appareil rameute des carcasses en tout genre.

Alors que tes munitions descendent à vue d'œil, le bouclier se déploie enfin. C'est un spectacle de toute beauté. Un globe translucide se forme tout autour de vous, incluant la base ainsi qu'une grande partie de la place. Toutes les carcasses contenues dans le rayon d'action du bouclier sont instantanément désintégrées. Joli spectacle !

— Incroyable ! Ça marche ! lance Ray d'une voix radieuse. Allez, va te reposer, je vais réparer les pièges et installer des tourelles automatiques. Grâce à toi, la base est protégée.

Tout en bâillant, tu rentres dans le bâtiment et te trouves un petit coin douillet pour faire une sieste, qui sera de courte durée ! Une alarme retentit dans tout l'édifice, une voix robotique profère : « Alerte Intrusion, intrus dans le périmètre, demande d'activation des tourelles automatiques ! »

Si tu veux autoriser l'activation, va en B24.

Si tu veux refuser l'activation, va en B23.

B 21

C'est eux… ou toi. C'est malheureux à dire, mais tu ne vois pas d'alternative à la situation. C'est la loi du plus fort qui s'applique. Ce n'est pas forcément ta façon de penser, mais tu n'as d'autre choix que de suivre les ordres. Tu charges avec d'autres membres de la résistance et enfonces la porte du restaurant. Tu te figes une microseconde, comme un lag furtif – devant toi, des hommes, des femmes, des enfants, tous armés. Les voir ainsi te fait lâcher ton arme. Tu te retrouves les bras ballants et, d'un coup, toute la scène se déroule au ralenti autour de toi. Tu vois les membres de la résistance éliminer purement et simplement toutes les personnes vivant dans le restaurant. La tête te tourne, tu as envie de crier, de vomir, tu espères être dans un cauchemar, tu veux te réveiller. Veux-tu vraiment vivre au détriment des autres ? Non, ce n'est pas cela que tu voulais être, un assassin, un meurtrier, un sans-âme…

PERDU

Tu ne vaux pas mieux qu'une carcasse.
Tu ramasses ton arme et tires sur les membres
de la résistance qui ripostent et te criblent de balles,
telle une passoire !

B 22

— Mais enfin, vous êtes fou ! hurles-tu à Nick qui se tourne doucement vers toi.

— Pardon ? répond-il d'une voix posée qui détonne avec la situation.

— Nous ne pouvons pas massacrer des survivants de cette apocalypse, simplement parce qu'ils ne veulent pas rejoindre ce groupe ! C'est de la folie ! Vous avez complètement perdu les pédales ! Je préfère encore mourir que de tuer un être vivant de la sorte !

— Soit ! répond simplement Nick avant de dégainer un pistolet, de te viser et de tirer.

Quelques microsecondes avant que la balle n'atteigne sa cible – en l'occurrence, ta tête –, une survivante, sortie en courant du restaurant, construit un mur de métal devant toi et te plaque au sol. Vous êtes nez à nez, et malgré l'urgence de la situation, tu ne peux t'empêcher d'admirer ses beaux yeux marron. Drôle de première approche.

— Salut ! dis-tu d'une voix qui se veut enjôleuse.

Elle ne prend pas la peine de répondre et t'entraîne par le bras vers le restaurant. Depuis l'intérieur, les autres survivants couvrent votre retraite.

Une fois à l'abri, tu exprimes tes remerciements et sors ton arme, prêt à te battre « pour la bonne cause ».

Pour raisonner vos assaillants, va en B26.
Pour attaquer, va en B25.

B 23

Tu étais pourtant persuadé que le bouclier anti-tempête empêchait les carcasses de s'approcher de la base. Est-il défaillant ? Ray s'est-elle trompée dans ses réparations ? Et si c'étaient des survivants devant la porte ?

Avant de faire une terrible erreur, tu dois vérifier qui, ou quoi, est dehors. Tu dévales les escaliers, arrives dans le hall, entrouvres la porte et découvres un groupe assez conséquent d'êtres humains, tous les mains en l'air, pétrifiés.

— Non ! hurles-tu à la commande vocale. Arrêt du système de défense ! Maintenant !

— *Mode veille du système de défense enclenché*, répond la voix robotisée.

Les survivants, soulagés, reprennent leur souffle. L'un d'eux s'approche de toi, c'est une jolie jeune femme, aux cheveux noirs et aux yeux marron.

— Bonjour, dit-elle avec un sourire radieux, je suis Jess. Merci de ne pas nous avoir tiré dessus !

— C'était moins une ! réponds-tu un peu gêné.

— Nous avons vu le rayon de l'ATLAS percer les nuages de la tempête, nous avons donc décidé de venir voir qui était assez puissant pour se battre aussi efficacement contre l'ennemi. Nous sommes impressionnés de voir que vous avez même déployé un bouclier !

— En fait… je suis tout seul ici, j'ai trouvé cette base il y a peu.

— Tout seul ? Tu oses dire que tu es tout seul ? s'époumone Ray. Mais quel toupet !

— Pardon, corriges-tu, je suis tout seul *avec Ray*. Mais je vous en prie, entrez, il y a largement assez de place pour tout le monde !

— Merci beaucoup, répond Jess en posant une main sur ton épaule.

— À vrai dire, dit Ray en se positionnant entre toi et Jess, j'aimerais te parler d'une nouvelle mission.

À contrecœur, tu laisses Ray te mettre au courant de la mission qu'elle veut te proposer. Tu sais qu'en faisant cela tu risques de paraître impoli, mais qu'importe, tu veux sauver la ville, c'est primordial.

Une sorte de ballon météorologique contenant des données cruciales sur les environs va bientôt redescendre. À son bord, du matériel important, nécessaire pour augmenter la puissance du bouclier anti-tempête. L'enjeu est de taille ! Tu files préparer tes affaires quand Jess toque à ta porte.

— Ça va ? J'ai entendu que tu allais à l'extérieur récupérer quelque chose. J'aimerais t'accompagner…

Si tu refuses que Jess t'accompagne car c'est trop dangereux pour une femme, va faire ta mission en solo en B27.

Si tu acceptes volontiers l'aide de Jess, va en B28.

B 24

Tu étais pourtant persuadé que le bouclier anti-tempête empêchait les carcasses de s'approcher de la base. Est-il défaillant ? Ray s'est-elle trompée dans ses calculs et ses réparations ? Quoi qu'il en soit, il faut repousser les envahisseurs !

— Oui ! hurles-tu.

La commande vocale valide ton choix, et tu entends les tourelles se mettre en marche. Quelques secondes plus tard, plus aucun bruit.

— *Menace éliminée, mode veille enclenché*, annonce la voix.

Parfait, tu peux retourner à ton repos bien mérité. C'est à ce moment que Ray déboule en trombe devant toi.

— Mais qu'as-tu fait ? Tu es une personne… affreuse !

Pourquoi Ray dit-elle cela ? Tu cours vers la porte principale et découvres le résultat de ton choix. Dehors, entassés, tout un tas de cadavres, non pas de carcasses, mais d'êtres humains.

Tu comprends que tu viens d'éradiquer des survivants de Fontainebois qui venaient sans doute te porter assistance dans ta quête de libération de la ville. Tu as tué toutes ces personnes… tu es un monstre.

PERDU

Ce sang, tout ce sang ! Rongé par la culpabilité, tu te laisses rapidement dépérir. Pour toi et tous les survivants de Fontainebois, l'aventure s'arrête ici !

B 25

La résistance passe à l'attaque. Et elle n'y va pas de main morte ! Mais votre nouveau groupe s'organise plutôt bien, construit des défenses et détruit les structures adverses avec brio.

Cependant, le combat est rude et les pertes sont nombreuses, des deux côtés. Quel gâchis !

Une grenade explose très près de Nick, ce qui le fait battre en retraite. Il monte dans une voiture, ordonnant à quelques-uns de ses sbires de poursuivre l'assaut, puis il part en trombe.

Super, maintenant, en plus des carcasses en tout genre, vous devez affronter un psychopathe et son groupe de soldats-prisonniers.

Les derniers membres de la résistance éliminés, vous décidez, toi et le groupe, de fuir ce refuge qui de toute évidence n'en est plus un. Le mieux à faire est de quitter la ville au plus vite : tu sais que Nick risque de te traquer aussi longtemps que tu seras en vie.

Tu aides le groupe à faire ses valises et vous vous mettez en route, direction : ailleurs !

Malheureusement, sur le chemin, vous croisez le chef de la résistance : il est très en colère et, surtout, il n'est pas tout seul. Il a réquisitionné toutes ses troupes pour venir raser le restaurant. Il vous fait tous prisonniers – du moins ceux qui survivent à cette rencontre fortuite, car Nick a la gâchette facile : il abat les blessés et ceux qui tentent de se rebeller.

Tu veux survivre, et cette fois-ci tu comprends que le combat est perdu d'avance ; tu n'as d'autre choix que de courber l'échine et de rejoindre de nouveau la résistance. Triste destin pour toi et ceux qui t'accompagnent.

FIN TRÈS (TROP) MOYENNE

B 26

Tu entrouvres une des fenêtres du restaurant et hurles assez fort pour que les membres de la résistance t'entendent.

— Écoutez-moi ! Nous ne sommes pas obligés d'en arriver là ! Nous avons un ennemi commun, pourquoi n'unirions-nous pas nos forces pour le combattre ? Nous sommes peut-être les derniers êtres humains de la planète, allons-nous vraiment faire disparaître notre race de la sorte ? Des guerres, toujours des guerres, à croire que l'Homme ne sait pas faire autre chose que de se battre. Je vous en prie, que tout le monde dépose les armes, évitons de nous entretuer.

Un grand silence s'installe. Un silence long, très long, trop long ! Ton discours a-t-il eu l'effet escompté ?

Soudain, un « Coup de tonnerre » retentit : c'est le nom du fusil à pompe que vient d'utiliser Nick pour répondre à ton discours d'amour et de fraternité.

Le combat est engagé ; alors que certains membres de la résistance construisent tant bien que mal quelques palissades et escaliers pour tenter de vous encercler et de vous atteindre par le haut, d'autres battent en retraite malgré la peur que leur inspire leur chef. Serait-ce ton discours qui les a convaincus ? On peut toujours rêver !

Ton groupe a de nombreuses ressources, tu donnes des ordres à droite, à gauche, lances judicieusement quelques grenades, et bientôt Nick se retrouve sans armée.

— Tu as peut-être gagné cette bataille, hurle Nick à ton attention, mais pas la guerre !

Tu regardes l'homme monter en voiture et filer dans un nuage de poussière.

Il est temps de passer à la suite des opérations.

Trouve une nouvelle base en B29.

B 27

Tu t'approches de Jess et lui poses une main sur l'épaule ; prenant un ton paternaliste, tu lui dis :

— Tu sais, c'est dangereux dehors, ce n'est pas forcément un endroit pour une femme ! Tu serais sans doute plus utile ici, à faire un brin de ménage pour que tout le monde s'installe confortablement et…

Pendant que tu parles, Jess écarquille les yeux et devient rouge de colère – il y a de quoi ! Elle s'approche de toi et te gifle tellement fort que tu tombes au sol, K-O.

Tout noir… tout est devenu noir.

Quelques heures plus tard, quand tu ouvres (difficilement) les yeux, tu apprends que la mission a été menée à bien, Jess en tête de l'opération. Le bouclier anti-tempête est renforcé et son rayon a été largement étendu. La ville est protégée, tu as réussi ! Enfin *presque*, ce n'est pas toi qui as tout fait, mais l'idée est là.

Tu cours retrouver Jess dans le hall, mais elle te lance un regard noir. Tu n'as pas du tout assuré avec elle. Tous ses amis te regardent avec un demi-sourire moqueur, en contemplant la jolie marque rouge sur ton visage. Il reste 2 % de la population et tu arrives encore à te mettre des gens à dos !

PRESQUE BRAVO... PR-AVO !

B 28

Tu prépares, avec Jess, tout un attirail pour mener à bien la mission : armes, ressources pour construire des défenses temporaires, munitions et potions de soin.

Vous quittez le bâtiment, ravis d'avoir l'occasion de vous découvrir, même si pour un premier rencard, on a déjà connu plus romantique !

Le gros ballon sous lequel est fixée une imposante structure métallique entame sa descente. Avec Jess, vous vous précipitez vers son lieu d'atterrissage puis commencez le téléchargement des données. Tu fouilles les compartiments à la recherche des ressources et du matériel. Plusieurs carcasses se rapprochent du ballon, leurs yeux jaunes scintillants vous dévorent du regard. Mais quelques tirs de fusil à pompe plus tard, le problème est réglé. Ravi, tu retournes à la base, accompagné de Jess.

C'est le chaos ! Le bouclier anti-tempête vacille, des carcasses pénètrent à l'intérieur du périmètre.

Il faut installer les ressources récupérées dans le ballon au plus vite. Les survivants défendent la base du mieux qu'ils peuvent, ils font feu tous azimuts depuis les tours de guet.

Tu cours vers Ray qui, désespérée, te fait de grands gestes. Aussitôt, elle s'occupe de l'amélioration du bouclier anti-tempête et, quelques minutes après, les carcasses ne passent plus dans le périmètre. Petit à petit, le diamètre du dôme s'étend. La ville est protégée, tu as réussi ! Jess s'approche de toi et se pend à ton cou. Ses yeux pétillent et ses lèvres se collent aux tiennes.

BRAVO !

Tu as sauvé la ville et trouvé de nombreux alliés.

B29

Tu regardes les véhicules de la résistance s'éloigner. C'est une première victoire ! Il est hors de question de courber l'échine devant ce tyran. Impossible pour toi de rester inactif ; maintenant que tu as la chance d'avoir rejoint un « vrai » groupe de survivants humains, tu vas pouvoir continuer ta quête, à savoir sauver la ville de toutes ses menaces.

Vu l'état actuel du restaurant, auquel il manque maintenant un morceau de toit et quelques murs, tu proposes de vous installer dans un lieu plus grand et plus simple à protéger. La jeune et jolie survivante qui t'a sauvé la vie quelques minutes plus tôt acquiesce et appuie ta proposition. Kyle, l'actuel chef du groupe, est également d'accord avec toi. Ils font leurs valises et vous vous mettez en marche.

Vous trouvez une belle demeure, sans doute un ancien hôtel particulier. Une fois vidée des carcasses, elle est parfaite pour vous. Des grilles assez hautes l'entourent et vous avez une bonne visibilité sur les environs. C'est tout naturellement que tu supervises les constructions défensives, et rapidement ta place est aux côtés de Kyle. Il y a toujours plus d'idées dans deux cerveaux que dans un !

Le groupe de survivants te remercie chaleureusement de leur avoir sauvé la vie. La vie est belle… pour le moment. Car dehors, les carcasses rôdent toujours, et la résistance doit être anéantie, soit en éliminant ses membres, soit en leur faisant entendre raison, puisque nombre d'entre eux sont embrigadés de force dans le délire sanglant de leur chef : Nick !

BRAVO !

Les habitants de Fontainebois prennent un nouveau départ, grâce à toi !

B 30

Tu emmènes l'arme dans le couloir et vises le mur tout au fond.

— Voyons voir ce qu'elle a dans le ventre ! dis-tu jovialement.

— Je ne suis pas sûre que ça soit une bonne idée, prévient Ray.

Sans attendre la permission du robot, tu appuies sur la détente et… tu te désintègres en un petit tas de cendres collantes, similaire à celui de feu la chercheuse en chef.

— Quel gâchis ! conclut Ray. Et voilà, je me retrouve encore toute seule ! L'humanité ne mérite peut-être pas d'être sauvée, après tout !

PERDU

L'arme était terriblement instable, et tu as quand même voulu prendre le risque de l'utiliser. Quelle arrogance !

B31

Tester l'arme te démange, mais tu sais qu'elle est instable et tu n'as pas envie de finir en un vulgaire petit tas de cendres.

— Peux-tu effectuer un diagnostic ?

Ray se penche sur le prototype et l'examine. Elle t'explique la manipulation délicate à suivre. Comme un élève studieux, tu suis ses conseils et trifouilles certaines parties internes. Mais le voyant de malfonction est toujours allumé.

— Attends, j'ai une idée ! lances-tu à Ray. Ça fonctionnait bien avec mon ordi quand j'étais chez mes parents.

Tu poses l'arme sur une table et donnes un grand coup dessus. Le voyant passe au vert !

Tu te glisses dans le couloir et vises le mur du fond. L'arme est très précise et semble faire beaucoup de dégâts, comme le prouve le trou béant dans le mur.

— Mes systèmes détectent de nombreuses formes hostiles qui se précipitent sur la base, annonce Ray.

Tu t'en donnes à cœur joie : abattre les carcasses est devenu un jeu d'enfant, enfin presque ! Tu ne sais pas combien de temps ton Fossoyeur légendaire amélioré va tenir mais, grâce à lui, tu vas pouvoir défendre la base un certain temps, assez longtemps pour espérer voir d'éventuels survivants venir te prêter main-forte, et pourquoi pas sauver tout Fontainebois !

FIN MOYENNE

Tu t'en es bien sorti. Protéger durablement la base aurait toutefois été une meilleure option.

B32

Tu ne peux pas rester les bras croisés : les survivants qui vont se faire attaquer n'auront aucune chance, le groupe de Nick est bien trop lourdement armé ! L'un des membres voit en toi un sauveur, un héros en devenir. Il te confie la clef d'un hors-bord, tu pourras ainsi t'enfuir et rejoindre la ville plus rapidement qu'à pied. Un autre te donne les coordonnées de l'endroit visé par la future attaque.

Tu les salues et promets de venir les libérer du joug de Nick. Ils t'apportent leur aide pour distraire les gardes qui surveillent les quais, ce qui te permet de sauter dans le bateau et de mettre les gaz. Mais aussitôt, des balles fusent tout autour de toi. Tu zigzagues le plus possible et bientôt tu es hors de portée de leurs armes. Tu t'amarres au port non loin de Fontainebois et continues à pied.

Il te faut une demi-heure pour atteindre le lieu menacé par la résistance. C'est un restaurant de fast-food, le Durrr Burger. Ça te rappelle le bon vieux temps. Enfin, c'est en partie à cause de ces enseignes que la nature est partie en cacahuète ! Surconsommation, maltraitance animale, mauvaise alimentation. Finalement, ce n'est pas ce qui te manque le plus de l'ancien monde.

À peine as-tu mis un pied sur le parking du restaurant qu'une balle se loge dans le sol à quelques centimètres de toi. Aussitôt, tu lèves les bras en l'air.

— Ne tirez pas ! Je suis venu en ami, vous prévenir d'une attaque imminente de…

Pas le temps de finir ta phrase, un nuage de fumée apparaît au bout de la rue, accompagné d'un bruit sourd de moteur.

Une jeune femme, brune aux yeux marron, entrouvre la porte du restaurant.

— Reste pas dehors ! hurle-t-elle.

Inutile de te le dire deux fois ! Tu cours vers le restaurant et pénètres à l'intérieur. Les balles commencent à pleuvoir sur le Durrr Burger : la résistance a commencé son attaque.

Affronte la résistance en B25.

B33

Tu vas sûrement regretter ton choix, mais au fond de toi tu n'es pas prêt à te taire, tu dois agir ! Tu cherches du soutien parmi les autres membres du groupe, mais personne ne veut t'accompagner, ils ont beaucoup trop peur des représailles.

Tu descends les marches d'escalier et rejoins Nick. Il tripote avec une certaine nervosité sa batte de base-ball légendaire. Mieux vaut ne pas s'approcher de trop près. Tu commences ton sermon, prenant à partie les autres membres, cherchant à les faire réagir pour qu'ils se rallient à ton discours. Mais eux aussi sont effrayés par Nick et restent prostrés, fixant le sol.

Nick garde son calme, presque souriant. Il acquiesce et ne cherche pas à te contredire. Au contraire, il se veut rassurant, dit comprendre ton envie louable d'aider tes prochains, de sauver tout le monde. Il t'assure que jamais il n'irait tuer d'autres humains, toute son organisation vise les carcasses, rien d'autre.

— Je tiens à ajouter, dit-il toujours aussi calmement, mais assez fort pour que tous ceux qui assistent à la scène puissent l'entendre, que je n'ai jamais contraint qui que ce soit à rester avec nous, le monde est vaste. Alors, fais ton choix, mon ami, choisis ta propre voie, dit-il en désignant la porte menant à l'extérieur.

Tout cela ne te dit rien qui vaille !

Quitte les lieux en B34.
Reste ici en B35.

B34

Avec un sourire malsain aux lèvres, Nick te regarde t'éloigner et quitter le bâtiment.

Tu es sorti. C'est déjà ça ! Mais au vu des armes dont dispose « la résistance », il faut absolument que tu ailles prévenir le groupe de résistants qui va se faire attaquer, ils n'auront certainement aucune chance de se défendre ! Tu commences à courir quand une grenade étrange roule à tes côtés. Tu n'as pas le temps de réagir que… POUF ! en un clin d'œil, tu te trouves dans un « fort instantané » : quatre hauts murs sans portes à ciel ouvert. Tu es pris au piège. Il faut que tu trouves rapidement le moyen de sortir d'ici. Mais tu n'as rien, pas même ta pioche, tu ne peux rien construire, tu ne peux ramasser aucune ressource. Tu le savais, c'était trop facile, Nick ne t'aurait jamais laissé filer comme ça.

Tu entends des bruits de pas provenant de l'extérieur.

— Tu ne croyais tout de même pas que je te laisserais partir après avoir défié mon autorité devant mes hommes ? Tu es bien naïf, mon ami.

BONG. Il vient de taper dans quelque chose. Qu'est-ce que c'était ?

Un objet, lancé par le haut, rebondit sur les murs avant de tomber à tes pieds. Un cylindre, avec une étrange lueur bleutée. Une grenade ?

BOOOM... PERDU !

Ton geste était louable, sauver les « gentils ».
Toute la subtilité est dans la façon de procéder...

B 35

Tu envisages rapidement l'éventualité de passer la porte, mais tu t'abstiens : tu sens que la liberté de partir n'en est pas vraiment une. Résigné, tu annonces que tu restes parmi eux.

Nick se montre ravi de ta décision, il sait que tu as compris que le choix n'existe pas, en réalité, que tu es maintenant « à lui ». Mais pour te prouver sa gratitude, il sort d'une caisse une épée moyenne légendaire.

— Mon ami, voici la Slice'n Dice ! Avec ça, tu vas faire un malheur.

Plus large à la pointe qu'à sa base, l'épée est plutôt lourde, mais facilement maniable. Tu ne doutes pas qu'elle fasse de gros dégâts. Tu te vois déjà éliminer des carcasses par dizaines avec cette arme.

Du coup, tu es intégré dans un groupe qui part à l'assaut. Tu ne sais pas trop quoi répondre, mais si Nick était vraiment dangereux, t'aurait-il donné une arme si puissante ?

Tu secoues la tête, essayant d'en chasser les mauvaises pensées, et rejoins le groupe qui t'est attribué.

Tu redoutes beaucoup la suite, espérant que Nick ne t'ait pas menti, que les membres auxquels tu as parlé tout à l'heure se soient trompés et que ce sont bien des carcasses que tu vas affronter.

Tu embarques dans le bus qui démarre quelques instants plus tard. Il quitte l'usine et roule de longues minutes qui te semblent être des heures.

Tu arrives au point de rendez-vous pour l'attaque, en B18.

DEVIENS LE HÉROS

TU AS AIMÉ CETTE AVENTURE ?

Découvre d'autres univers !

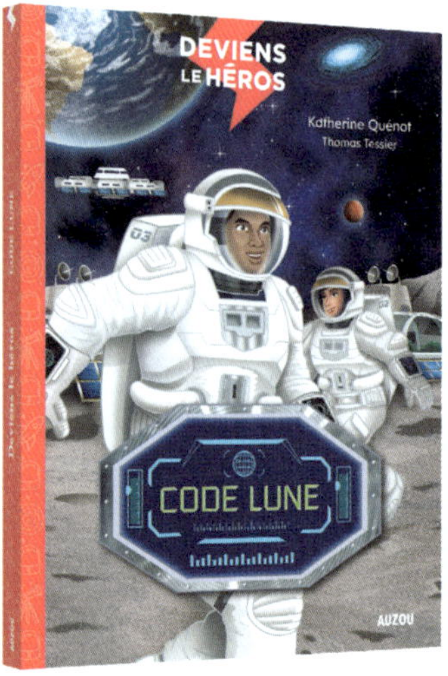

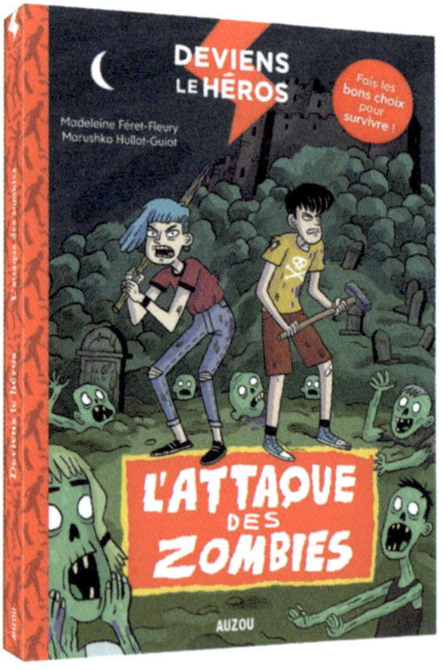